「いたいけな彼氏」

Yuto & Kaoru
「いたいけな彼氏」

いたいけな彼氏

菅野　彰

キャラ文庫

この作品はフィクションです。
実在の人物・団体・事件などにはいっさい関係ありません。

目次

いたいけな彼氏

口絵・本文イラスト／湖水きよ

いたいけな彼氏

誰も居ない時間を狙《ねら》って、棚野優人《なぎのゆうと》は大学構内のサークル棟の部室に行ったつもりだった。

「優人さん！」

「いいところ来た！」

しかし、ドアを開けた途端俯《うつむ》いて作業をしていた下級生たちが、優人を捕まえようとする。

「どうしたどうした」

私物を取りに来ただけの優人は適当に逃げようとしたが、三年生の女子にがっちり腕を摑《つか》まれた。

「もうすぐ締め切りなのに使える一年生入って来なくて、もう超大変！　手伝って‼」

不意に盛り上がる部室は、フリーペーパー「カレッジプラス」を作っているサークルのものだった。「カレッジプラス」は企業をスポンサーに持って、大学の外でも配布させている本格的なもので、締め切りといえばそれは壮絶なものだった。

「俺四年だもん。いろいろやることあるし、引退でしょう」

「内定決まったの知ってるんだからー！　じゃあせめて一年生勧誘してきてよ。使えそうなの」

無駄に高いけれど酷《ひど》く切実な声を、女子たちは聞かせた。

「だから、いろいろやることあるんだって」

「俺も勧誘されたの、優人さんでしたよ」

ふと、騒ぎには混ざらないでいた現部長の平野修《ひらのおさむ》が、口を挟《はさ》む。

「そうだっけ?」

「優人さんの勧誘があまりに巧みで、今こんな泥沼ですよ」

皮肉めいた声で笑って、優男《やさおとこ》なのにあからさまに芯の強そうな平野は、眼鏡《めがね》を少し直してパソコンを打つ手を止めなかった。

「いざ入ってみたら、優人さんなんの役職にもついてないんで驚きましたっけ。最後まで部長も副部長もやんないって通しましたね……知ってたんですね優人さん、どういう目に遭うか」

就職活動も控えての、四月末に待つ修羅場を前にして、今日の平野は手厳しい。

「わかったわかった。そしたら俺が平野みたいに超使える一年生、捕まえてくるから」

「本当⁉」

軽口をきいた優人に、女子が真に受けた声を上げた。

「ホントホント。超待ってて」

安請け合いをした優人に、平野以外の部員は、もう一年生が入ったような騒ぎだ。

「期待しないで待ってます」

早々に退場しようとした優人に、平野はパソコンに向いたまま素っ気なく言った。

優人には、他人が読んでいる本を盗み読む癖があった。

活字中毒の人間には、よくある癖だ。そこに字があったら読んでしまうし、人がどんな本を読んでいるか気になる。

ただ、今若干異常な状態と言えるのは、四年生の優人が大学構内の中庭のベンチで、隣に座っている赤の他人で恐らくは一年生の青年の手元の本を、実に三十分にわたって覗《のぞ》き込んでいるということだ。

青年は本に没頭していて、優人が一緒にその本を読んでいることにまるで気づかない。

そもそもは先刻、安請け合いをしたことで一応構内を彷徨《うろつ》いた挙げ句のことだった。優人にはそこそこの人望があるので彼らも頼んできたのだが、優人自身に真剣さはない。

去年まではサークル活動に熱心だったが、そうは言っても今年はもう優人は卒業するだけだ。部室を出た後は適当な気持ちで、サークルで作ったフリーペーパーを持って構内をふらふらしていた。四年生にもなるとさすがに、昨日まで高校生だった一年生はなんとなく区別がつく。

四月半ばの新緑の下ベンチに座っているこの青年を見つけて、最初、優人は良い鴨《かも》だと思った。眼鏡で隠されているが、ルックスもスタイルも悪くない。ぼんやり本を読んでいるところを見ると、まだ何処《どこ》にも所属していないのかもしれない。

こういう容姿の整った男が一人居ると、芋《いも》づる式に女子部員が釣れるだろうという甘い考えで、声を掛けようと優人は彼の隣に座った。

しかし、頑《かたく》なに青年が本から顔を上げないので、優人はうっかり本当にその本を読み始めてしまったのだ。

本当は優人はその物語を過去に一度、教科書で読んでいる。

読んでしまったのは活字だからというのもあるけれど、青年の注意を自分に向けさせたかったからがもちろん大きかった。

結果、青年は優人を見ないまま、そう厚くない本を読み終えた。

物語の結末は、優人もよく知っている。

「おもしろかった？　それ」

自分もつい読んでしまったとはいえあまり好きな話ではないその本を、思わず優人は指差した。

「……え？」

酷く訝《いぶか》しげに青年が、整った顔を歪《ゆが》めて優人を振り返る。

「今、俺に気がついたの？　もしかして」

そんな顔をされると優人もさすがに気まずくなって、青年を見つめて居直った。

学生服がよく似合いそうな、黒髪の中途半端に伸びた青年は、優人を困惑したように見てい

る。

「この本、このベンチに置いてあったんです。もしかして忘れた方ですか？　すみません勝手に読んで」

まだ若干幼さが残る容姿とは裏腹に低い声で、青年は無愛想に答えた。

「それ俺のじゃないよ。読まないよそんな本。もっと、おもしろいものあるけど。どう？」

就職活動が終わって、少し長くなってしまった色の薄い前髪を落としたまま、優人はフリーペーパーを青年に渡した。

「俺、本ならなんでも読むんです。これも、特別熱心に読んでた訳じゃなくて、なんでも手元にあったら読んじゃうんですよ。本は、好きですけど……こういうのはちょっと」

就職したOBへのインタビュー、大学周辺の飲食店への取材、学生生活における注意喚起、映画や本の紹介が詰まったフリーペーパーを捲《めく》って、本の紹介のところだけ一読すると青年が優人に返してよこす。

「本が好きなんだ？」

「ええ」

早く去って行きたそうにしていた青年は、優人のその質問にだけ、少し明快に頷《うなず》いた。

「どんな本が？」

見た目がいい上に青年は、本を読むという。

それは貴重な人材に、優人には思えた。優人自身が本が好きだということもあるが、まともに文章を読み取ったり、起こしたりできる学生を見つけるのは大変なことだった。

「今読んでるのは、アシモフです」

優人も一読はしたことのある作家の名前を、青年が口にする。

「なんだ、ＳＦが好きなんだ？」

「その前はアーヴィング読んでました」

「そう……アメリカ文学が好きなんだね」

「その前に読んでたのは泉《いずみ》　鏡花《きようか》です」

「ええと、何その突然のロマンティシズム」

「確か、その更に前は『蟹工船《かにこうせん》』読んでました」

「……プロレタリア……？」

並べられた作家やタイトルの、あまりの一貫性のなさに優人は眉間《みけん》を押さえた。

「全部わかるんですね。先輩」

「……ああ、そうそう俺、おまえの先輩。四年生の梛野優人っていうの、一年生」

ようやく自分に少し関心を向けた青年に、本来の目的を思い出して、丁寧に優人は名乗った。

名乗られて青年は、キョトンとしている。

「なんで俺が一年生だってわかるんですか？」

「昨日まで学生服着てたような顔して、一人でいるからじゃない？　おまえ名前は？」

不躾《ぶしつけ》に優人が尋ねると、青年は少し気を悪くしたように体を引いた。

「俺、フリーペーパーサークルやってんの。って言ってももう四年だから俺は作ったりはしないけど、入りなようちに。『カレッジプラス』これこれ」

手に握っていたフリーペーパーを、優人がもう一度青年に押しつける。

「……あの、なんですかそれ。パワハラ的なものですか？」

強引な優人の言葉に、青年は屈する気配を見せなかった。

「人手が足りないの。フリーペーパーっていっても、企業にスポンサーになってもらって配布してる本格的なやつだから。使えるのが入って来なくて困ってたんだ、丁度」

嘘《うそ》を、優人は言っていない。優人たちが作っている「カレッジプラス」は、他の大学でも配布されていて何度も賞を取っている、評価の高いフリーペーパーだった。部数も多く、その分企業からの援助も大きい。

「俺、別に使えませんよ」

「今どきそんなに本読んでる学生いないって。文章読めるだけで充分。うち入りな？　ね？」

近くでよくよく見ても、青年は男前だった。

あくまでも優人は、軽い気持ちで誘っていた。彼が入ったらつられて入る者もいると思えた。そうしたら下級生に頼まれた面目も立つ。

「本、そんなに好きなんだったら出版とか行きたいんじゃない？」

当てずっぽうで、優人は尋ねた。

「そうですけど……」

「就活で役に立つよ。何しろ俺の内定、出版だから」

それを教えると青年が、ようやくまともに優人を見る。

「今読んでたその本よりは、うちのフリーペーパーの方がおもしろいと思うよ？」

「俺、正直、この本はそんなに好きじゃありません。『舞姫《まいひめ》』」

好きで読んでいたわけではないことをあくまで主張して、青年ははっきり言った。

「現国の教科書で読んだので、懐かしくなっただけです。元々苦手です」

顔を上げて青年が、優人に告げる。

「え？　これまだ教科書載ってるんだ？　俺も好きじゃない。なんなんだよ豊太郎《とよたろう》って思ったよ」

「そうですよね。エリスは妊娠してたのに、あんまりですよ」

名作、「舞姫」について二人は意見が合って、主人公を毒づいた。

主人公は、ドイツで身籠《みご》もらせた女性を捨てて、最後は日本に帰っている。

「……ああ、でも俺、そういえば文学の講義で聞いたんだけど。『舞姫』」

「大学でもやるんですか？」

うんざりした気持ちを隠さずに、青年は溜息《ためいき》をついた。

「いや、たまたま教授が話してて。時代背景を学ばないと、豊太郎の背負っていたものの大きさはわからないってさ」

「明治ですか？」

「そうそう。豊太郎は、言うなれば明治天皇への忠誠とエリスとの間で苦悩したのかもしれないんだって。それは俺たちには想像がつかない、重たいもんだって、言ってたよ確か。教授が」

不意に、思い出した講義の内容を簡潔に語った優人の言葉を、青年はじっと聞いている。

「そういう視点では、考えたことありませんでした」

「俺も。現国の教科書に載せて、高校生にそれ読み取れって言われても。なあ？」

「でもそう考えると、豊太郎は憐《あわ》れですね」

「そうかもしれないね」

なるほど、と呟《つぶや》いて、噛《か》み砕くように青年は考え込んでいた。

俯く彼の伏せられた瞼《まぶた》を、優人が見つめる。

「うちのサークル、読書家割と多い方だよ。こんな風に人と本の話するの、結構楽しくない？」

やんわりと、優人は話を戻した。

「……今の話は、興味深かったです」

「よかったら、入ってよ。俺、本読むやつ好きなの。おまえみたいに」

押しつけはせず、けれど今知ったばかりの青年の性質をほめて、優人がにこやかに笑う。人たらしだと、たまに優人は言われることがあった。言われるまでもなく、人の気を引くのは得意だという自負があった。たらしておいてその後が続くかは、怪しい話だったけれど。

困り果てたように、青年は手元を見ていた。

「嫌ならやめればいい話だからさ。高校の部活動みたいに厳しくはないから」

少しの偽りを交えて、優人が入会手続きの紙とペンを、青年に差し出す。

企業がスポンサーについているので、遊びが多いサークルと違って、カレッジプラスは厳しい方だ。

優人の指を見つめて、青年は長いこと迷っていた。

根気よく優人も、それを待つ。

やがて、小さく溜息をついて彼はペンを取った。

「……本当に、嫌になったらやめてもいいんですね？」

念を押すように言って、要項をゆっくりと、青年が書き込む。

「もちろん。その名前、なんて読むの？」

書かれた名前に、二通りのどちらなのか、優人は読み方を尋ねた。

何故《なぜ》だか青年は、すぐに答えない。

「俺、自分の名前、嫌いなんで」

明らかに彼は、機嫌を悪くした。

何故彼に目をつけたかを思い出して、当てが外れたと、優人が小さく溜息をつく。

これは、見てくれはいいけれど、多分全くモテない。

愛想は悪いし、空気も読まない。話が合わない者には、おもしろい男でもないだろう。

そういう者が自分とは真逆のタイプであると、優人ははっきりと知っているつもりだった。

実際、比較的友人も多い大学生活を送って希望の内定も取ったばかりで、こうして勧誘を頼まれる程度には下級生にも慕われている。

もっとも友人が多くても誰かに慕われても、優人は誰のことも特別ではなかったけれど。

「結構、楽しいよ？　大学って。同期に友達いたら誘いなよ、サークル」

もちろん目の前の青年も、部員になってくれたら御《おん》の字というだけで、先のことまでは知らない。

「友達は、いません」

あっさりと、優人を困らせる答えが青年から返った。

「じゃあ、サークルで友達作りな。部室で待ってるよ」

苦笑して、優人がベンチを立つ。

不思議そうに自分を見上げている青年の黒髪を、優人は指先で弾いた。誰かの置いて行った文庫を持ったまま、青年が少し途方に暮れて見えたのだ。

瞬時に身を引いた青年に、過ぎたことをしたと気づいて優人が苦笑する。

「必ずおいで」

手を振って優人は、いつまでも俯いている青年を離れた。


最初の新入生は入部して既に歓迎会が行われていたので、四月も後半に差し掛かった今になって、改めて何度目かの新入生歓迎コンパが居酒屋で開かれた。

卒業論文の資料を探していた優人は、開始から大分遅れて、いつもサークルで使う大箱系の居酒屋に顔を出した。

「ごめんごめん、遅くなって。……って、あれ？　どうしたのみんな」

三十人ほどの部員のうち、就職活動の合間を縫って出席している三年生たちが、暗い面持ちでビールやサワーを呑《の》んでいることに気づいて優人が問い掛ける。

広い個室の座敷を見回すと、奥で優人が勧誘した青年が、一人でウーロン茶らしきものを飲んでいた。

「わかりました？　空気悪いの」

まるで酔わないままいつもの平淡さで、眼鏡がよく似合う平野が優人に少しの厭味《いやみ》を聞かせる。

「なになに、どしたの」

「今日、湊《みなと》の歓迎会みたいなもんじゃないですか」

座敷に上がって問い掛けた優人に、平野は青年の名字を言って声を落とした。

「なのに湊が、ノリ悪すぎて。女子が名前聞いても答えないし。さっきまでみんなで静まり返ってたんですけど」

取り敢《あ》えず平野が、状況を優人に伝える。

「なんであの子勧誘したの？　優人さん。なんか目茶苦茶使えるとかって話だったよね？　こないだ部室に来るには来たけど、使えるどころかホントまともに話もしないし。名前聞くと不愉快そうになるし」

女子部員が、あからさまに優人を咎《とが》めた。

「却《かえ》ってこっちが気を遣うはめになって。それどころじゃないんだってば、あたしたち就活しながらサークルやってるんだから」

三年生は本当に忙しく、それもあって気が立っている。

全員が優人を、責めて見ていた。

「誰でもいいって訳じゃないんですよ。みんなで一つのもの作るんですから」

溜息をついて、平野がもっともな苦言を吐く。

立場の悪さを知って、優人は慌てた。

「そう言わないでよ。あいつ無愛想だけど、目茶苦茶本読むから誘ったの」

こんな風に下級生から咎められたことは、今までない。

青年の愛想のなさと三年生の状況が相まって糾弾《きゅうだん》されているのだろうが、無責任な勧誘をした自覚は優人にもあった。

「俺、内定決まって結構暇だし。湊の面倒はしばらく俺が見るよ。元々そのつもりだったから」

嘘を、優人が告げる。

そんなつもりはさらさらなく、今日顔を出したのは平野にどうしてもと言われたからだった。そもそも平野は、優人の行いについて一言言うつもりだったのだろう。

「本当ですか?」

見透かすように呆《あき》れた気持ちを隠さない声を、平野が聞かせた。

「俺が嘘ついたことあった?」

戯《おど》けた言葉を残してその場を離れた優人の背に、「いっぱいあるよ!」と、女子の声が飛ぶ。

取り敢えずと、優人は三年生を離れて、問題の人物の方に向かった。

「あ、優人さんだ！　ここ座って！」

「後でね」

そこここで下級生に捕まりながら、優人がやっとずっと一人でいる青年のところに辿《たど》り着く。

「知ってる顔とかいなかった？　同期に」

声を掛けながら優人は、きれいに空いている青年の隣に腰を降ろした。

「……棚野先輩」

優人の姿を見て、彼がわずかに表情を緩める。

ぎゅっと唇が結ばれていたことに、優人は気づいた。

「優人でいいよ。なんか俺、名前で呼ばれてるから後輩にも。舐《な》められてんの」

その顔に、知らない者たちの中で一人にして悪かったと、ほんの少し優人が悔やむ。

「来てくれてサンキュ。改めてよろしく頼むよ、湊。……あれ？　おまえ、その眼鏡」

横から俯いている顔を見ていて、優人はふと、青年の眼鏡が少しも風景を歪ませないことに気づいた。

「何これ。ダテなの？」

ひょいと、優人が青年の眼鏡を取り上げる。

「ちょっ……返してくださいよ」

「却って目、悪くなるよ。てゆうか、おまえ眼鏡掛けてない方がいいよ全然。そのまま女子に絡んで来なよ、モテるから」

眼鏡のない青年の顔を見た素直な感想を、優人は言葉にした。

「モテたことなんかありませんよ。眼鏡、返してください」

ふいと、青年は横を向いてしまったが、優人は眼鏡を返さない。

「もったいないって、顔隠したら」

「俺、自分の顔好きじゃないんで」

小さく、青年は言った。

俯いた様子がそれが本心であることを語っていて、手強さに、優人が溜息を吐く。

何か違う糸口をと、優人は探した。このままでは面目丸つぶれだ。

「結局、下の名前なんて読むの」

出会ったときに尋ねたことを、もう一度優人が尋ねる。

「名簿に、書きました」

案の定、青年は答えなかった。

「おまえから聞こうと思って。勧誘したの俺だし」

苦笑して聞いた優人に、青年は下を向いたままでいる。

「名前も、嫌いなんです。言いましたよね、この間」

いっそ苛立《いらだ》ったように言い切った青年に、優人はこめかみを掻《か》いた。

座敷ではもうみんな今は和やかに話していて、多分平野くらいしか、優人と青年のことを気に掛けてはいない。

「聞いたけどさ。なんで？　女みたいな名前だから？」

「そんなところです」

何かもう少し含みがあるような声に優人には聞こえたが、それ以上を彼は語らなかった。

「俺なんか、優しい人になりなさいで優人。超テキトーな名前。俺はおまえの名前悪くないと思うけど、揶揄《からか》われたりしたの？」

「……そんなところです」

「意味、知ってる？」

やわらかく問い掛けた優人に、ずっと目を合わせなかった青年が少し、振り返る。小さく、彼は首を横に振った。

「香りもだけど、文化が盛んなこと、だって。本が好きなおまえにぴったりじゃない？　俺はいい名前だと思うけど」

「調べたんですか？」

「読み方調べるついでにね」

優人が名前の意味を調べたのは、言った通り、読み方を確認するついでにネットで検索したから、それだけだった。

「でも、きれいな名前だよ。俺、おまえのこと名前で呼んじゃ駄目？」

なんとか、優人は青年の興味を取り敢えず自分に向けようとした。話はそれからだ。

「……きれいな名前？」

酷く驚いたように、彼が優人に問い返す。

「うん」

訝しげではないのを不思議に思いながら、優人は大きく頷《うなず》いた。

癖なのかすぐに考え込む青年を、しばらく優人は見ていた。

「やだ？　郁《かおる》」

試しに、大きくはない声で、けれどはっきりと優人が青年の名前を呼ぶ。

呼び掛けられた名前を、長く、湊郁は聞いているように見えた。

「……あんまり、呼ばれたことなくて。意味も、誰にも聞いたことなかったし」

そうして、ようやく郁は酷く真っ直ぐなまなざしで、優人を見た。

まだ、郁は迷っていた。それなら無理強いをするつもりはないと優人が言おうとしたとき、郁の唇が頼りなく開く。

「よかったら……名前で、呼んでください」

不意に、素直にその提案を受け入れられて、逆に優人は戸惑った。

「先輩の言うことだからって、なんでも聞かなきゃなんないわけじゃないよ」

笑って、優人が郁に手を振る。

「棚野先輩だけなら、いいです」

涼しい目元で、郁は優人を見ていた。

自分だけというのが、重いとも思ったけれど、優人は郁が少し心を開いたのが悪い気はしない。

「じゃ、俺だけね。郁」

「はい」

従順に、郁は頷いた。

「それから、俺のことは優人でいいから」

この調子なら、なんとかサークルに溶け込ませることもできるのではないかと、優人が少し気を楽にする。

「優人、さん?」

怖《お》ず怖ずと郁が、優人の名前を呼んだ。

「よくできました」

無造作に優人が、郁の髪をくしゃくしゃにする。

三歳年下の郁は、背丈はあっても優人にはまるで子どもにしか見えなかった。

どうとでもなるだろうと、高を括《くく》る。

今日は仕方がないからこの無口な一年生の隣で呑もうと、優人は生ビールを注文した。

「……ちょっとは加減してよ、健《たける》さん」

白いシーツが汗を吸ったベッドで瘦《や》せぎすの裸で腹ばいになって、優人は声を掠《かす》れさせた。

「そんなに悦《よ》かった？」

このワンルームマンションの主人である三倉《みくら》健が、優人の汗に乱れた髪を撫《な》でて、額にキスをする。

健も服は着ていないが、汗を掻いた後も何処か物腰がスマートだ。端正な姿が、どんなときも乱れることがない。

「もう勘弁」

キスを振り払って優人は、健に背を向けた。

大学では隠しているが、優人の興味は異性には向かない。恋人はいつも男で、現在の恋人はサークルのＯＢでもある健だった。

健の在学中に、不意に、「そうなんだろ？」と健に耳元で囁《ささや》かれて今の関係が始まった。健は優人の二年先輩なので、優人にしては長く続いていると言えた。もっとも、愛の言葉もなく流されるように始まり、約束も特になく会うのも頻繁《ひんぱん》ではない。

けれどこの、健との距離感が、優人には丁度良かった。

「久しぶりなんだから、もう一回くらい相手してくれてもいいんじゃないの？」

後ろから優人を抱いて、健が耳を舐《ねぶ》る。

「ん……っ。久しぶりだから、俺の話も中途半端なわけ？」

身を捩《よじ》った優人に、続きをあきらめて健が体を起こした。

「聞いてましたよ。優人が手強い一年に、手を焼いてるんでしょ？」

ベッドサイドのペットボトルを取って、健が水を飲む。

「俺には割と、懐いたけどね。なんて、まだわかんないけど」

「名前、おまえにだけ呼ばせてるって言ったっけ？」

「聞いてたんだ。セックスしながら」

呆れたように言って優人は、健の手元からペットボトルを引ったくった。

「途中からおまえが勝手に喋《しゃべ》らなくなったんだよ」

「それは……」

久しぶりなのはお互い様なので行為に溺《おぼ》れたのは優人も同じで、口惜《くちお》しくただ水を飲む。

「けど、そんなに嫌なもんかな。女みたいな名前って」

「嬉《うれ》しかないんじゃないの」

さして興味もなさそうに、健は答えた。

「いい男なんだけど、とにかく暗くてね。友達もいないし」

郁のことを思い返して、優人が小さく息をつく。

「随分気にしてやってるんだな。名前呼んでやって、おまえ、そいつがその気になっちゃったらどうすんの？」

心配ともつかない声を、健は聞かせた。

下級生に咎められたから郁に構っていることを、優人は健には教えない。

「あのね、健さん。世の中の男がみんなゲイだと思ってんの？　ノンケだよ、郁は。そんくらいの区別はつきますよ」

そういう相手しか絶対に選ばないことにしている優人が、水を健に返した。

「ノンケっていうか」

ベッドに肘《ひじ》をついて健が、優人を眺める。

「おまえそういうところあるから、マジで気をつけなさいね」

「そういうところ？」

言われた言葉の意味が全く取れなくて、優人は尋ね返した。

「ノンケの男も、ちょっとその気にさせちゃうっていうか。女っぽい訳じゃないんだけどね」

「まさか」

相手にせずに優人が、笑って手を振る。

「かくゆう俺が、そうだったりして。目かな？　物欲しそうに濡《ぬ》れてんだよ」

冗談とも本気とも取れない口調で、健はあくまで笑っていた。

「やめてよ健さん。俺、ノンケの男には痛い目見てるんだから、そうだって言うなら考えるよ」

体を離して、優人の口調が覚えず本気になる。

仕方なさそうに健は、優人を眺めた。

「まだ引きずってんの？」

「何が」

健に問われて、優人が嫌な方向に話が向いたと、それを流そうとする。

「中学時代の彼氏に、振られたこと」

以前、少し酔って優人が話してしまったことを、健は忘れていなかった。

「ノンケの彼氏」

揶揄うように、健がそれを口にする。

「そうだよ。親友だったのに」

肩を竦《すく》めて、仕方なく優人はもう一度それを健に教えた。

「なんかうっかりやっちゃって。ノンケだったからすぐ振られたし、もう親友にも戻れなくて。散々だった」

ぼんやりと言いながら、何か、嘘を吐いているような気持ちに優人はなった。

それで、自分の記憶は何も間違っていないはずだと言い聞かせて蓋をする。

「俺が物欲しそうな顔してたんでしょ」

もっと何か大事なことから目を逸《そ》らしている気がしたけれど、優人はすぐに思考を閉じようとした。

「俺はあれよ。どっちでもイケる口」

嘘とも真《まこと》とも取れない言い様で、健が肩を竦める。

「でもおまえ、そういういやな思い出あるんじゃないの。ノンケの男」

「思春期の話だよ。中学生」

声にしたせいで思いがそこに捕まって、優人はその過去に完全に蓋をするのに少し苦労をした。ふとした弾みでそのときのことを思い出すことは、少なくはない。

だからいつも目を逸らすのには慣れていたのに、気持ちが引きずられそうになって優人は健を軽く睨《にら》んだ。

「経験あるなら、警戒しなさいって言ってんの」

「何?　ヤキモチ?」

もうこの話を終わらせたくて、わざとふざけた口調になって優人が健を見つめる。

「そうそう」

腕を引いて健は、優人の唇に音をたててキスをした。

「あはは、軽っ」

笑って、優人が健を押し返す。

「あいつは取り敢えず、絶対心配ないって。それ以前の問題だよ。ガキだし、ホント言うとまだそんなにまともに交流もできてないし」

もう服を着たいと、優人は自分のTシャツを探した。

「あと俺、言っとくけど健さんの会社入るのただの偶然だからね」

Tシャツが見つからずに、デニムを引っ張りながら優人が健に釘を刺す。

二年前に入社した健が優秀だということが影響しているのかそれはわからないけれど、優人が今回内定が決まった第一志望の出版社は、現在健が勤めている先だった。

「それは百回聞きましたよ」

「あんまり彼氏ヅラするなら別れるよ」

優人は自分のセクシャリティを人に知られないように気遣っていたが、健は、ともすれば人前でも優人に触れることがある。

常々優人は、その揶揄いに対してだけ、健に苛立っていた。

服を着込みだした優人に、肩を竦めて健は動かない。

「俺たちつきあってたっけ？」

飄々《ひょうひょう》と健が言うのに、ちらとだけ健を振り返って優人は呆れたままに笑った。

そんな健のそばに居心地の良さを感じる自分に、今は何も惑いはなかった。


何か模擬面接でもあったのか、変にリクルートスーツが馴染《なじ》んだ平野に、構内の真ん中に位置する学食で優人は呼び止められた。

「優人さん、ちょっといいですか？」

「ん？　どうかした？」

招かれて窓際のテーブルに着くと、今日はそういう日だったことに間違いはないらしく、中庭の五月の新緑に似合わない暗い色のスーツの三年生が、色と同じく暗くランチを囲んでいる。

「俺まだ、食券買ってないんだけど」

あまり美味《おい》しいとは言えない学食も、昼時を大きく過ぎるとメニューが少なくなると、優人は肩を竦めた。

「あの一年、優人さん面倒見るって言ってたじゃないですか。今本当に人手足りないから、雑用させる一年いなくて困ってるんですけど」

みんなが気まずそうにしているので、仕方なしというように平野が口火を切る。

「全然サークル来ないよー。一応呼び出しかけてるけどお」

スーツがまるで似合わない女子が、短くした色もない爪を惜しむように吹いて優人を見た。

「……湊郁？」

「今、思い出しました？」

間を置いて問い掛けた優人に、平野が溜息をつく。

「ごめんちょっとバタバタしてて。顔出させるから、必ず」

この間皆に散々責められたことを思い出して、優人はもうその場を去ろうかと思った。

「来ないで辞める方に百万円」

爪を弄《いじ》っていた女子が、ふざけて手を挙げる。

そうかもしれないとも、優人も思った。

それならそれでしょうがないのかもしれないと、そもそも勧誘したことを後悔して溜息が出る。

「取り敢えず電話かメールしてみるから。時間もらえない？」

しかし、もう引っ込みがつかないので、「悪い」と言い残して優人は携帯を取って場を離れた。

「優人さん」

本当に郁に電話をしようとしていた優人を、何故だか平野が追って来る。

「辞めるなら辞めるでそうはっきりしてくれたら、俺はかまわないと思うんです。本当に、今面倒見切れないし」

理由の代わりにスーツ姿を見せて、平野は苦笑した。

「だから俺、面倒見るよ。あいつ」

厄介な気持ちになりながらも、仕方なしに優人が言葉を重ねる。

「でも、一年の面倒見るなんて」

もう一度言った優人に、平野は首を傾けた。

「みんなの優人さんらしいような、らしくないような」

厭味とも違う、何か意味深な言い様をして平野が話を終わらせる。

「じゃあ取り敢えずこの件は、優人さんにお任せします。よろしくお願いしますよ」

丁寧に言葉を置いて、平野はテーブルに戻って行った。

少々引っ掛かる言葉ではあったけれど、「みんなの優人さん」という言われように、優人は特に不満はなかった。誰にでも変わらずに接して、和やかにときを過ごす。そういう風に上手く、優人はずっとやってきたつもりだった。

本来なら、地雷と思われる者には極力近付かない。

郁は優人にとってだけでなく、多分誰にとってもそんなに親しくなれるとは思えない人間だろう。今回優人は本当に、しくじった。

一応交換していた郁の携帯に、優人は電話を掛けた。出ないような気がした郁が、程なく電話に出る。

「もしもし？　俺、棚野だけど。……あ、優人」

名字を名乗ってから、約束を違えたような気持ちになって、優人は名前を言い直した。

「今日学校かな？　良かったらちょっと会えない？」

電話にも慣れていないのか、電話の向こうで郁がぼそぼそと喋る。

自分にも優人に用があるけれど、午後一つ講義があると言われて、じゃあその後に中庭でと優人は約束を取り付けた。

「……退部、申し出かな」

首を傾けて優人が、下りて来た髪を払う。

サークルに顔は立たないが、それはそれでしょうがないと、優人は溜息を吐いた。

午後一の講義が終わる頃にと、優人は郁と、初めて会ったベンチで待ち合わせをした。陽気もいいので、優人はその講義の時間丸々、ベンチで今日持っていた小説を捲った。

　実際、優人は就職活動期間にバイトも辞めたので、今は本当に暇だ。

　本を読む時間が増えたのが意外に幸いで、なかなかバイトを始められないでいる。忙しくしているのは嫌いではなかったが、就職活動が存外過酷だったので休みたい気持ちもあった。

　いつの間にか本に没頭してここにいる理由を忘れていると、誰かが駆ける音が近付いて来て思い出させられた。

「なんだよ。走らなくてもいいよ、郁」

　顔を上げてその足音が郁のものだと確認して、優人が苦笑する。

「すみません、お待たせして」

　優人の姿を見つけて慌てたのか、郁は大分急いだようだった。

「大丈夫、俺暇だから。本読んでたよ」

「何を読んでるんですか？」

　そのことにはすぐに興味を持って、郁が尋ねてくる。

「こないだと逆だね。まあ座って」

　息を切らせている郁に、優人は隣を叩《たた》いた。

　タイトルを興味深そうに、郁が覗き込む。

「読んだことない？　いいよ、これ。よかったら貸すから」

「いいんですか？」

「俺何度も読んでるから、本ボロボロだけど」

「ありがとうございます」

素直に、郁は頭を下げた。

「おまえ文学部だっけ？」

「はい」

「いかにもだな。ツブシきかないよ？」

物欲しそうに優人の手元の本を見ている郁に、優人は笑った。

「先輩は……学部何処なんですか？」

初めて、郁から自分のことを尋ねられて、優人が少し構える。

「社会学部マスコミ科。サークルでフリーペーパー作って、内定は出版社。ブレないでしょ」

郁が自分に興味を持ったことに驚いて、優人は無駄に饒舌《じょうぜつ》になった。

「……ですね。出版、元々行くつもりでマスコミ入ったんですか？」

「行けたら行きたいくらいの感じだったけどね、難しいのはわかってたし。でもうちのフリーペーパー評価高いから、おまえも就活するならホントプラスになるよ」

さりげなく、優人がサークルのことを郁にアピールする。

だが、そのことなんですがと、逆に退部のことを切り出されるかとも、優人は思いはした。

「あの」

案の定郁は、言いにくそうに言葉に詰まっている。

「なんか、話あるって言ってたね。そっち先に聞くよ。何？」

けれど敢えて優人は、水を向けた。断りの言葉を聞いてから、出方を考えようかと思い直す。

それで平野もいいと言っていたし、無理に説得する必要はない。

「話っていうか……聞きたいことがあったんですけど。この間の『舞姫』の講義をした文学の教授を、教えて欲しいんです」

「必修科目の中に文学ない？　文学部だったら」

「もう今年の講義の選択は決まってるんですけど、その教授のコマ空いてたら聴講できないかと思って」

真剣に尋ねてきた郁に、優人は呆れ半分感心した。

そんなに真面目に大学の講義を選択している者など、自分を含めてあまり見たことがない。

なので、優人は答えを切り出しにくかった。

「……その、名誉教授でさ。高倉《たかくら》教授って方だったんだけど」

整った顔を少し近づけて来た郁に、優人が小さく息を吐く。

「一昨年、亡くなったんだ。大分ご高齢で」

ごめん、と、優人は自分が悪いわけでもないのに、無意識に郁に謝った。

明らかに、郁が頭を下げて落胆する。

「……そうですか」

「でも、俺はよくわかってなかったけど、高名な研究家だったんだよ。亡くなったときに、訃《ふ》報《ほう》にいろいろ書いてあった。著書とか。図書館で探してみるといいよ、よかったらつきあうし」

「図書館なら、よく行くので一人でも」

「俺も読んでみたいから、そのときは一緒に行くよ。でもちょっと部室顔出さない？　今」

面倒な気持ちは避けて、優人は郁を、サークルに誘った。

やはり郁はかなり真面目な学生だし、文章に向き合うことの多いフリーペーパーサークルには、悪い人材には思えない。

「頼むよ」

笑いかけると、郁は困ったように優人を見た。

誘いかけると、郁の表情が少し動く。悪くない反応だ。

「俺も行くから」

やはり続けさせてみようかと、優人は思った。

らしくないと平野に言われそうだけれど、後輩の一人ぐらいなら、面倒を見る余裕は今自分にある。

三年生たちの疲れたような顔にも背を押されていたが、自分のところに郁が走ってきたことも、無意識に優人にその腕を引かせていた。

あまり気が進まない様子の郁を連れて、優人がサークル棟の一階を歩く。一番奥の、自分たちに与えられている部屋の扉を、軽くノックして無造作に開けた。

「……優人さん」

中には十人ほどの部員がいて、パソコンを開きながらスーツのままネクタイだけ外した平野が、少し驚いた声を優人に掛ける。

「あ、優人さーん！」

「はいはい。そろそろ増刊号の締め切り前？」

声を掛けて来た他の部員たちに手を振って、優人は平野に尋ねた。

「そうですよ。暇なら手伝ってくださいよ」

「俺卒論あるもん。こいつにやらせてよ、なんか」

後ろにいた郁を指した優人に、少し部室の空気が変わる。歓迎会で郁が無愛想だったこともみんな忘れていないし、郁は入部したてで既に幽霊部員だ。

「目茶苦茶本、読むんだよ。本の紹介コーナーあったよね。あれは？」

「……あの、俺読むの古本ばっかりなんで。新刊はわからないんです」

優人の後ろから出ずに、郁が遠慮がちに小さく言う。

「図書館で借りればいいんじゃないの？」

「優人さん、知らないの？　図書館の新刊、人気筋は何十人待ちだよ」

新刊を読むことが少ない優人が郁に言うと、女子部員が揶揄うように笑った。

「そうなんだ？　でも新刊じゃなくてもさ、講義に取り上げられる本とか。なあ？　郁」

肩を竦めて、優人が郁を呼ぶ。

「郁っていうんだ？　一年」

名前を教えられなかった二年生が、優人が郁の名前を呼んだことに驚いた。

「かわいい名前じゃん。郁ちゃん」

「よく見たら顔もかわいい。あたしたちも呼んでいい？　郁ちゃん」

近くで見る郁の容姿はあからさまに整っていて、郁の愛想とは無関係に女子部員が盛り上がりを見せる。

「すみませんが、下の名前は呼ばれたくないんです」

辛《かろ》うじて険は見せずに、けれど郁ははっきりとそれを断った。

部室の中が、しんと静まり返る。

「そうそう。呼んでいいの俺だけなの」

連れて来たものの、結局部員たちを引かせてしまったことに内心焦りながら、優人は大仰にふざけて女子部員を散らした。

「取り敢えずおまえ、『カレッジプラス』のバックナンバー読んで勉強しな」

窓際にある本棚を指差して、優人が郁を比較的広い部室の中に招き入れる。

見ていると郁は誰とも話さないまま、優人に言われた通りフリーペーパーのバックナンバーを読み始めた。

どんなものでも郁は熱心に読むので、周囲も声を掛けられない。

「なんか仕事割り振って、やらせてよ。あいつに」

忙しくキーボードを叩いている平野の隣に座って、優人は小さな声で言った。

「本当に連れてくると思いませんでしたよ」

モニターからちらと優人に視線を移して、平野が苦笑する。

「すみません、優人さんのこと責めるみたいなこと言いましたけど、俺本当に湊のこと無理矢理入れなくてもいいと思うんですよ」

一瞬、手を止めて平野は、窓際の郁を振り返った。

「協調性もないし、今からそれが育つともちょっと思えないし。何より本人が、楽しくないんじゃないですか?」

言葉は辛辣《しんらつ》だが、平野は郁のことを批判しているのではない。見たままの事実を、述べていた。

机に頬杖《ほおづえ》をついて、優人も郁を眺めた。

人を拒んで、郁は文字を追っているようにも見える。

「あれ？　湊」

入り口から入って来た一年生が、ふと、窓の方を向いて郁の名字を口にした。

「松本《まつもと》、知り合いなのか？　湊と」

手を止めて平野が、優人は初めて見る顔の男子部員を、松本と呼ぶ。

「高校一緒だったんです。俺」

「へえ？　じゃあ仲良くしてやってくれない？」

椅子《いす》の背を抱いて優人は、気軽に松本に頼もうとした。

困ったような顔をして、松本はこめかみを掻いている。

「ずっとああなの？　郁って」

拒まれたことはわかって、一人でいる郁に優人は肩を竦めた。

「……郁って、もしかして湊の名前ですか？」

酷く驚いたように、松本が声を潜める。

「高校一緒なのに知らないの？」

「ちょっと有名だったんですよ。名前の読み方聞いても、絶対答えないって」

聞くまでもなく、ずっと郁はあの調子なのかと、優人は覚えず顔を顰《しか》めた。

「そしたら友達できないじゃない」

「だから、友達なんかいませんでしたよ」

言葉とは裏腹に、松本の声には不思議議と、郁への侮蔑《ぶべつ》はない。

「それって何？　いじめ的なもの？」

それでも優人は、小声で尋ねてみた。

「まさか」

大きく手を振って松本が、とんでもないと首を振る。

自分が責められたような焦りの他に、郁への何か畏敬の念のようなものが、そこには覗いていた。

「相手が気にしてくれなきゃ、いじめだって成立しないいんじゃないですか？　湊、誰のことも相手にしてませんよ。なんて言うか、俺たちのことなんか眼中にないって言うか」

「なるほどね」

相槌《あいづち》を打ったのは、平野だった。

「たまに、近づくヤツいたんです。変わってるけど、一目置かれてたんですよ。成績いいし、孤高だから逆に、そういうやつと友達になりたがる物好きも居たりして」

松本も郁に興味がなかったわけではないのか、やけに詳しい。

「先輩には名前呼ばせるんですか？　湊。すごいっすね」

明らかな羨望《せんぼう》を覗かせて、それでも松本は郁には声を掛けずに違う席に着いてしまった。

「ちょっと、難しいんじゃないですか？」

優人もぼんやりと思っていたことを、先に平野が口にする。

見ると、相変わらず郁は周りのことなど我関せずと、手元の文字を追っていた。

さっき松本が言った孤高という言葉が、言われて見れば郁にはよく似合うように、優人にも見える。

「ちょっと、様子見ようよ」

その郁がいる場所から、彼を連れ出すことに力を尽くすつもりが、優人にあるわけではなかった。

「まだ一年だし。俺もなるべく、ここ顔出すようにするから」

「……優人さんが、そう言うなら」

仕方なさそうに平野が笑って、また手元の仕事に戻る。

そういう平野のあきらめたような態度が逆に、優人にまた引っ込みがつかない気持ちを起こさせた。

多少、平野が呆れている通り、むきになっていると優人も自覚がある。

それは今まで大抵のことは上手くやれていたのに、今回しくじったからというところももちろんあった。

ただ、今の松本の話に、少しの興味もある。もっと言えば自分だけ郁が名前を呼ばせることへの松本の羨望に、単純に優人は気持ちが引かれた。

得意な気持ちも、幼稚だけれどないわけではない。それと同時に、何故自分だけがという疑問も、優人をわずかに動かした。

「なんか手伝おか？」

椅子の背に肘を置いて頬杖をついたまま、優人が平野に尋ねる。

「湊にバックナンバー読ませといてください」

言われて、窓辺を見ると郁はいつの間にか、何か小説を読み始めていた。

「おまえ頭に目ついてんの？」

パソコンを見ていたはずの平野に、優人が肩を竦める。

立ち上がって優人は、郁の方へ向かった。

「何読んでんの？」

郁に近づくと咎めはせず問い掛けて、優人が郁の眼鏡を取る。

「……返してください」

「そんなに本読むんだから、こんな余計なもん掛けない方がいいよ」

取り上げた眼鏡を、優人は自分のシャツのポケットにしまってしまった。

「また『舞姫』読んでんの？」

郁が捲っている文庫を覗き込んで、優人が隣に腰を降ろす。

「この間の話を聞いて、その解釈でもう一度読み直してみようと思って」

教授のことを聞いて来たのは本当に興味深かったからのようで、郁の生真面目さに優人は苦笑した。

「他にはどんな講義が印象に残ってますか？」

背丈はあるのに、何か頑是《がんぜ》無《な》いような瞳で問われて、優人が答えに詰まる。

一年間、文学の講義を受けたが優人は、小器用にレポートをこなして優をもらったものの、実のところ真面目に聴講していなかった。「舞姫」の話はたまたま共感したので覚えていたが、小さな声で訥々《とつとつ》と語る高倉教授の話を、優人は心に残していなかった。

「俺、いい学生じゃなかったな。ごめんあんまり、覚えてないよ」

もう、郁は文庫を読み終えようとしている。

一つの言葉を大事に聞いて、それをちゃんと知ろうとしている郁に、優人は自分が適当に流したものを不意に、惜しんだ。

「もう一度文学の講義受けたいけど、教授はもういないんだな」

優をもらってもなんの意味もなかった気持ちになって、もう聴けない講義に優人が溜息を吐く。

「郁が、いてくれたらね。三年前に」

ぼんやりと高倉教授の柔和そうな顔を思い浮かべて、優人は呟いた。

「……俺が？」

「そしたら、教授だって嬉しかっただろうし。……俺もちゃんと、講義聴きたかったよ。後悔しても、遅いな」

不思議そうに自分を見た郁に、優人が笑いかける。

四年になるまで優人は、一つの単位を落とすこともなかったし成績も悪くなかった。けれど思い返すと文学の講義のように、流して受けたものは多い。

それで上手くやってきたと、優人は思っていた。今、突然それを全て否定するのは難しくて目を逸らす。

「今年は、もう講義も少ないけど」

今までのようにはしたくないと、それでも呟きそうになって、知り合って間もない郁に打ち明けることではないと優人は言葉を切った。

ふっと、苦笑して優人が郁の頭を軽くはたく。

「なんですか、いきなり！」

余程驚いたのか郁は、聞かせたことのない大きな声を発《た》てた。

「おまえそんな声出せるんじゃない」

愉快そうにした優人を、郁が少し恥じた目で見返す。

「先輩は」

「優人」

自分を先輩と呼んだ郁に、言い直しを優人は要求した。

「……優人、さんは。出版社行くんですよね」

「そうだよ」

「本、作るんですね」

愛想のなさに似合わない素直な羨望を、郁が瞳に映す。それだけ郁にとって、本は大きな存在なのだろう。

「そうだけど、俺はそんなに小難しいものは。まあ、俺が決められることじゃないけど」

なので、優人は少し、慌てた気持ちになって身を引いた。

「おまえが読んでるみたいな、小説とか。そういうのは作らない」

「じゃあ、どんなものを？」

「んー？」

不思議そうに尋ねてきた郁に、優人が小さく息を吐く。

「『カレッジプラス』みたいなもんかな。一回読んで、そんで終わりみたいな。情報雑誌とかね」

鞄《かばん》の中に、さっきベンチで手にしていた何度も読んだ小説が入っていることを、優人はふと思い出した。

「気軽に、電車の網棚に忘れてこれちゃうような。俺が作りたいのはそんな感じのもの」

なんでもないことのように言った優人に、郁は首を傾げて何か問いたそうにしている。

そこに、深く触れられても困ると優人は立ち上がった。

みんな忙しく働きながらも、悠長にしている自分たちを気に掛けてはいるような気がして、居づらくもあった。

「今日はもう、メシ行こう。メシ」

取り敢えず連れては来た。今日はここまでだと、優人は郁の背を叩いた。

出て行こうとする優人と郁を、ちらと平野が見る。

「いきなりなんかやらせようって言っても、邪魔になるだけだろ。また来るから」

平野にだけ優人は、言い置いて部室を出た。

大人しく郁は、優人に従って歩いている。

あてもなく優人は、郁と一緒にサークル棟を離れた。

「おまえ自宅？」

尋ねると郁が、首を横に振る。

「俺一、二年校舎違ったから、アパートちょっと離れてるの。おまえんとこいっちゃダメ？コンビニでなんか適当に買って、飲もうよ」

持ち掛けた優人に、郁は固まった。

「一人暮らしなんだろ？」

「……まだ全然、片付いてないっていうか」

困り果てて、郁がようよう言葉を継ぐ。

「誰も、来たことないし」

俯いた郁の背を、優人は押すように叩いた。

「じゃあ、俺が最初だ」

笑った優人に、仕方なしとそんな風に郁が歩き出す。

このままなし崩しに、他の連中にも馴染ませることはできないだろうかと、優人は思った。

難しいと平野は言ったけれど、郁は優人に名前を呼ぶことを許している。

多少面倒だが、自分が取っ掛かりになれば、三年生たちも気持ちを納めるだろう。

よく見ると郁のきれいな横顔は、愛想はないけれど思ったことを映さないわけではない。

自分が部屋に行くというのを郁が悪くは思っていないように、優人には見えた。

嵩《かさ》のある弁当と、優人のつまみやビールをコンビニで調達して、二人は郁の部屋に上がった。

二階建てのアパートの一階にある郁の部屋は、よくある学生用の六畳間に小さな台所とバストイレがついた部屋だったが、棚も少なく畳に積み上げられた本の量は尋常ではなかった。押し入れにも恐らく本が詰まっているのだろう。その襖《ふすま》の前に、布団がきちんと畳んである。

「酒呑む？」

本に囲まれる形で向かい合って、コンビニで温めた弁当を開けながら、優人は郁に甘そうな缶チューハイを渡した。

「俺、まだ十八なんで」

「コンパでは一年も呑んでるけど、呑んだことないの？」

「ないです」

尋ねた優人に、郁が首を振る。

「そうか。じゃあどうなるかわかんないね。でも外で飲む前に今試してみたら？　あ、気が進まなかったらやめといて」

無理強いをするつもりはなく、優人は自分の分のビールを開けた。

「……ちょっと、舐めてみます」

「じゃあ乾杯」

大学生になるまで酒を飲んだことがないと言い切れる郁は、どれだけ真面目だったのかと笑って、優人が缶を合わせる。

恐る恐る郁が一口酒を飲むのを、優人は見守った。

「どう？」

「甘いです」

「そうじゃなくて」

酒のことだと、優人が肩を竦める。

「まだよくわかりません」

「そりゃそうだね」

笑って、優人と郁はしばし無言で弁当を食べた。

運動部の高校生が好むような肉の多い弁当を、黙々と食べている郁に、優人がなんとなくホッとする。郁には霞《かすみ》を食べているような印象があったが、こうして見ると普通の青年だ。

ビールを飲みながら優人は、そこら中に積まれた本を端から眺めた。これも活字中毒の人間の悪癖だ。他人の本棚が気になる。けれど見ているとその本の山には本当に一貫性が感じられず、郁が真の乱読なのだと思い知らされる。

優人は実家に居た頃同級生を部屋に上げたりすると、本棚を見られるのが嫌だった。己の趣味嗜好《しこう》、自分という人間を見られている気がした。

けれど郁は優人がこうして郁の蔵書を見ていても、気に留める様子がない。本当にただただ、目についた本を読んでいるのだろう。

一人で。

自分からは何かを話してくるでもない郁に、やはりこれは手強いかと、優人は溜息を吐いた。サークルに入れてこうして近付いたものの、他者と交わらせるどころか、自分がこれ以上郁と交わることも無理のように思える。この要塞のような本の山を、見ていると。

弁当を食べ終えた郁は、無言で缶チューハイを少しずつ飲んでいた。

「……いばら姫みたいだな」

無意識に、そんな言葉が優人の口をつく。

自分のことだとは思わなかったようだが、郁は問い返すように顔を上げた。

「眠り姫の話ですか？」

「違うよ。ああ、いばら姫ってスリーピング・ビューティのことだったっけ。そうじゃなくて、いばらの上着をずっと編んでるお姫様がいなかった？」

その自分の記憶にある童話の姫が、いばら姫なのだと思い込んでいた優人は、子どもの頃に読んだ本のことを思い返した。

「編んでる間、口をきいちゃいけないんだ。それで黙ってる」

「お兄さんが十一人いて……？」

その童話は知っているものの、郁の記憶も曖昧《あいまい》らしく、自信がなさそうに呟く。

「そうそう！　白鳥にされたんだよ。魔女に」

郁の言葉に俄《にわか》にそれを思い出して、優人は声を上げた。

「上着を編むと、お兄さんの魔法が解けるんでしたっけ？」

「そうだ。確かお姫様が王様に処刑される直前に、上着が編み上がって」

「最後の上着は間に合わなかったような……」

「言われて見れば、兄貴が一人、片腕羽根のままでどうするんだろうと思った」

繋《つな》ぎ合わせていくうちに段々お互いの記憶が蘇《よみがえ》って、話ができあがっていく。

「それなら……いばらじゃなくて、イラクサっていったような気がします」

聞き慣れない単語を、郁は口にした。

「イラクサ？」

「多分……どんな草なんだろうって、子どもの頃思いました」

「そうか。お姫様が手を血まみれにさせて編んでたから、いばらなんだと思ってたよ」

「『白鳥の王子』？」

ふと、郁がタイトルだけを呟く。

「ああ、それだ！　アンデルセン童話？」

「そうですよね！」

指差した優人に、郁の声が高くなった。

思い掛けず会話の興が乗った後に、向き合ったまま言葉が途切れる。

孤高と、松本は言っていたけれど、そればかりではなかった郁を優人は見つめた。

確かに、郁は今自分と会話をした。何も他人に求めていないとは、優人には思えない。

「……こないだも言ったけどさ。楽しくない？　誰かと、こうやって本の話するの」

目を合わせたまま優人は、郁に尋ねた。

「俺は今、楽しかったよ」

今はなんの打算もない正直な気持ちを、優人が教える。

惑うように優人を見て、しばらく郁は何も言わないでいた。

「……俺も、楽しかったです」

素直な言葉を聞かせて、郁が俯く。

「だよね」

旋毛《つむじ》が見えて優人は、子どもにするように郁の髪をくしゃりと撫でた。

こうするのは初めてではないのに、心底驚いたように、郁は優人を見る。

嫌ではないのだと、ふと、そのまなざしに優人は思った。

そして、郁が好きで一人でいる訳でもないのだとも、こうして話してみて気づく。人と関わるのが下手なだけで、平気かもしれないけれど、郁は多分一人が好きな訳ではないのだ。飲み会の席で声を掛けた優人に結んでいた口を緩めたこと、距離を測り兼ねながらそれでも今自分を受け入れている郁に、優人はそれを知った気がした。

「実家に……あると思うので、今度探してみます」

髪に触れられたことをまだ気に掛けているように、郁が優人の指を見ている。

「実家、何処？」

「調布《ちょうふ》です」

何気なく尋ねた問いの答えを聞いて、優人は驚いた。

「近いね」

「帰ることはないです。家、出たかったので」

遠くはない実家を離れた訳を、郁が口にする。

「そっか、俺も。実は今のアパートより、実家の方が近いんだ。大学」

お互い、幾何《いくばく》かの事情があるのだと、そこに優人は深入りはしなかった。

優人が大学に入って実家を離れたのは、親が優人の異性への興味の無さに気づき始めたからだ。帰ることも、あまりない。

郁にも何か、聞かれたくない理由があるのかもしれない。

「童話集は、伯母《おば》の蔵書なんですが」

「伯母さんと住んでたの？」

思うそばから出過ぎたと思いながら、つい、優人は聞いてしまった。

「母と、母親の姉と三人で暮らしていました。伯母は亡くなって、俺に本を全部遺してくれたんです。上製本が多いので、それは実家にあるんですが」

いずれは引き取らないとと、独り言のように郁が呟く。

「アンデルセン童話、上製本だったの？」

「全集だったんです」

「子どもの頃から家にあったんだ？　そういうの」

「はい」

「いいね」

頷いた郁に、優人は濁りのない羨望を向けた。

「……はい」

はにかんで、郁がぎこちなく笑う。

初めて、郁が笑ったことに優人は気づいた。笑い慣れていないその表情が、優人の胸をわずかに掻く。

郁に笑顔はあまり似合わないけれど、優人はただ黙ってその顔を見ていたくなった。似合わなさが、切ない。

「あ……それで、いばら姫がどうかしたんですか？」

普段他人と話さないから逆に本題を見失わないのか、優人の呟きに郁は戻った。

そこを問われて、優人は困ってしまった。

ぼんやりと覚えていた、そのイラクサを編む姫は、兄たちに掛かった呪いが解けるまで一言も喋らない。口をきいたら呪いは解けないのだ。

その記憶が優人に、黙り込む郁をいばら姫のようだと言わせた。それを郁に告げるのは、酷なようにも思える。

だが、今話していたら優人は、郁にも姫のように、人に言えないことがあるから多くを語らないのではないかとも感じられた。そう感じてしまうのは、会話の取っ掛かりであるはずの、名前の読み方に対する郁の過剰な反応だ。

だから結局、郁は人と交わらないでいる。

「聞いていい？　名前、なんか嫌な思い出でもあるの？」

郁の質問には答えずに、優人は遠慮がちに聞いた。

少し顔を強ばらせて、ふと得心したように郁が「ああ」、と呟く。

「それで連想したんですね。『白鳥の王子』」

「うん」

推察を口にした郁に、仕方なく優人は頷いた。

まるで酔う様子はなく、郁が手元の缶を空ける。

「飲めるね、酒」

「そうみたいですね」

特に感慨は見せず、郁は缶を置いた。

「……名前のことは、幼稚な理由なので」

遠慮がちに郁が、断りの言葉を口にする。

「話したくないなら、もちろんいいよ話さなくて」

早々に優人は、首を振った。

そんなに、深入りするつもりはない。ただあまりにも頑なで、気に掛かっただけだ。その頑なさは郁自身が言うように、多少幼稚でもある。

それが郁と他人を隔てていたが、優人も尋ねたぐらいで壁を取り払えるとは思わない。

「でも、そしたら本当に俺だけ？　おまえのこと名前で呼ぶの」

けれどそれなら優人は、やはり少し名前のことが重かった。

「伯母が」

ぽつりと、郁がさっき本を遺してくれたと語った人のことを、口にする。

「呼んでくれてました」

何か不思議な言い回しで、郁は優人に教えた。

「……親は？」

踏み込んでしまうのは興味なのだろうかと何度も自分を諌《いさ》めながら、止められずに優人が問いを重ねる。

「母は俺の名前、呼ばないです」

全くもって不可解なことを、郁は打ち明けた。

理由を推察することも、その状態を理解することも優人には難しい。

「なのに俺、本当におまえの名前呼んでいいの？」

過ぎたことなのではないかと、優人は戸惑った。

小さく、郁が頷いて見せる。

「なんで？」

ただ本当に不思議で、つい、優人は聞いてしまった。

瞳を見返して、郁の口元は躊躇《ためら》っている。

「俺の名前の意味なんて、誰も、教えてくれなかったので」

この間優人が調べていったことを、郁は、大切に思っていると明かした。

「こんなに本読んでて、自分で調べようと思わなかったの？」

優人はネットで、郁の名前の意味を調べている。それはあまりにも簡単な作業だった。

「知りたいと、思いませんでした」

矛盾した答えを、郁が返してよこす。

だったら名前を教えた自分は腹立たしかったのではないかと言葉の上からは思うが、郁は真逆の表情で優人を見ていた。

「本当に呼んでいいの？」

もう一度、優人が尋ねる。

「郁」

試しに、優人は郁に呼び掛けた。

今まで見ていた表情からはまるで想像のつかない顔で、郁はまた笑った。さっきより少しはマシになった笑顔に、郁が嬉しいのだろうことは優人にもわかった。

住宅地だからなのかこのアパートは安普請なのに変に静かだと、不意に、優人が気づく。沈黙をまるで厭《いと》う様子のない郁が、もっと笑ったらいいのにと、優人はぼんやりと思った。何故ここを訪ねたのか、完全に忘れていた。

「あの」

珍しく郁の方から、声を聞かせる。

「部室、もっと行った方がいいですか?」

優人の中からすっかり頓挫《とんざ》していたことを、郁から尋ねてきた。

「ああ……どうしたの、急に」

「優人さんの顔、潰《つぶ》してたら悪いなと思って」

それで優人がこうしていることはわかったのか、厭味のない声で郁が呟く。

「そうだな。顔、出してくれたら嬉しいよ」

この部屋にいる本来の目的を思い出して、少しの後ろめたさを持ったまま優人は郁に笑いかけた。

そうは言っても郁《かおる》をいきなり一人で部室に行かせるのは不安に思えて、優人《ゆうと》は一緒に行こうとまた中庭のベンチで郁と待ち合わせた。

もう優人はほとんど講義もないので、今日も、郁を待っている。

そしてこの間と同じように、優人を見つけた郁は走ってきた。優人が眼鏡《めがね》を取り上げたままで、郁はあれからずっと裸眼だ。

「だから、走んなくていいって」

苦笑して優人は、息を切らせている郁に日焼けした文庫を差し出した。

「……あ」

「こないだ、貸すって言ったでしょ?」

約束の本を渡すと、酷《ひど》く嬉《うれ》しそうに笑んで郁がそれを受け取る。

「ありがとうございます。優人さん、他にはどんな本持ってるんですか?」

優人の書棚に、郁は興味を見せた。

立ち上がり、サークル棟の方に歩き出しながら、優人が肩を竦《すく》める。

「俺の部屋来ても、なんにもないよ」

ついてきた郁をちらと振り返って、優人は笑った。

「本は、講義で使う本と今卒論書いてるからその資料と、後は文庫がせいぜい十冊くらいかな。それ含めて」

「十冊？」

優人の示した数字を、不可解そうに郁が問い返す。

「意外？」

「優人さん、いっぱい本読んでるから」

「郁ほどは読んでないよ」

惨状とも言える郁の部屋を思い返して、優人は苦笑した。

「実家に置いてきたんですか？」

「いや」

短く優人が、言葉を切る。

「処分した。捨て切れないのが、十冊くらい」

「これ、その中の一冊ですか？」

手にしている本を、郁は少し高く掲げた。

「そうだよ」

「……そんな大事な本、借りられませんよ」

「いいよ、気にしないで。それに」

言葉を継ぐのを、優人が躊躇《ためら》う。

「ないから俺、大事な本とかそういうの」

声にしながら優人は、自分が何を言っているのかよくわかっていなかった。

「本当は全部捨てたい」

「本を？」

信じがたいと郁が、眉根《まゆね》を寄せる。

「いや、なんだろな。本に限らず。なんかやなんだよ」

自分でも理解しないまま優人が口にしたことを、郁にわかるはずもない。

大層な話をしているつもりは、優人にはなかった。ただ、郁が手の中の文庫を大事な本だと言ったので、否定したくなっただけだ。

「でも優人さん、この本何度も読んだからボロボロだって」

「言ったっけ？　そんなこと」

本当はその言葉は自分でも覚えていたけれど、忘れたふりを、優人はした。

「なんならやるよ。その本」

なんでもないことのように、優人は郁に笑った。

虚勢ではなく、何かへの執着を見せるのが嫌だった。いや、見せることができではない。自分が何かに執着することが、嫌だった。

残りの本も今度郁にくれてやろうかと思いながら、いつの間にか部室について、中に優人と郁は入った。

「……忙しそうだね」

中では、部員たちが少々殺気だって働いている。

「挨拶しな、郁」

「……こんにちは」

優人が促して郁が少し間抜けな挨拶をすると、部員たちはちらと二人を見た。

「ええと、なんか手伝えることある？　部長」

日を読んだつもりが、結局まずいときに来たかと優人が尋ねると、平野《ひらの》が窓際のデスクに積んである打ち出した原稿を指差す。

「校正してください」

自分の手元から目を離さないまま、平野は言った。

「あっち行こう、郁」

半ば走っている者もいる中を擦り抜けて、窓際に優人が郁を導く。

「校正ってわかる？」

原稿の前に座らせて、優人は赤いボールペンを二本取った。

「わかりません」

　取り繕わず、郁が首を振る。

「誤字脱字を見つけて、直すの。俺後ろ半分やるから、頭からやってみて。誤字脱字に気づいたら、直しの入れ方教えるから」

　そういう基礎をせめて教えておけば良かったかと、今日来たことを後悔しながらも、優人は原稿を捲《めく》った。

　けれどよく見るとその原稿は、最初の校正が入っている、再確認のためのものだと気づく。この状況で郁にやらせることが見つからないので、平野が子どもの使いのようなことをさせたのだと気づいて、優人は却《かえ》って安堵《あんど》した。

「……あの、これ」

　熱心に文字を追っていた郁が、ふと、呟《つぶや》く。

「何？」

「本のタイトルが、違うと思うんですけど」

　郁に言われて、優人が書籍の紹介コーナーを覗《のぞ》いた。

「違うの？　これ」

　書影が抜けていてタイトルを確認できず、優人が郁に尋ねる。

「本屋で、今平積みになってる本ですよね。気になって何度か捲ったので、覚えてます」

「ちょっと待って」

ネットで、優人は作者の名前で検索を掛けた。新刊の案内を見ると、確かにタイトルが違っている。恐らくは変換ミスだ。

頭を抱えて、優人は考え込んだ。背後を見ると、皆声を掛けられる雰囲気ではない。それでも自分の判断ではどうにもならないと、優人は手を挙げた。

「ねえ、今回の書籍コーナーの担当誰？」

本と映画の紹介コーナーは人気があって、何人かで回している。紹介文には担当者の頭文字が入っていたが、優人には誰だかわからなかった。

少し大きく響かせた声に、何人かの手が止まる。

「俺です」

二年生の上山《かみやま》が、不審そうに返事をした。

「タイトル、違うって。この本」

「え⁉」

声を上げたのは、上山だけではなかった。

「ちょっと自分でも確認してみて」

優人に言われて、書籍コーナーの担当者たち三人と、平野が立ち上がって原稿を囲む。

各自がパソコンなり端末で、検索した。全員の口元から、溜息《ためいき》が零《こぼ》れる。

「ここ、入稿しちゃったんですよ……今日」

上山の言葉に、やはりと優人は億劫《おっくう》な気持ちになった。優人は予測していたが、なら何故《なぜ》校正させたのかと郁が怒るのではないかと構える。

「入稿したら、もうどうにもならないんですか？」

立ち止まって固まっている四人に、意味がわからないのだろう、郁は尋ねた。

「どうにかなるときと、完全に手遅れの場合があるよ」

簡潔に、平野が説明する。

「書影がないのが痛いわね」

書籍コーナーの責任者をしているやはり二年生の松田佳美《まつだよしみ》が、溜息を吐いた。

「すみません、俺の変換ミスです」

「私も校正のときに気づかなかったから」

謝った上山に、佳美が首を振る。

「今そんな話してても、しょうがないから。取り敢えず印刷所に電話してデータ直させてもらって」

さりげなく平野が場を納めて、指示を出した。

しかし、担当者三人が躊躇って、顔を見合わせる。

「どうしたの？」

「今日この入稿部分、もう三回データ直してもらってるんです。書籍部分、新刊載せるのに読み込み誰もできなくて。登場人物の名前間違ってたり、いろいろあって」

平野の問い掛けに、一人が言い出しにくそうに打ち明けた。

「三回目電話したとき、結構きつく怒られて。もう下請けに出そうとしてたところだって言われたんです。多分、間に合いません」

もう電話をするのが辛《つら》いのだろう、上山が憂鬱《ゆううつ》そうに俯《うつむ》く。

「……そうか。印刷所も大事なスポンサーの一つだから、あんまり無茶言うのもな」

協賛になっている印刷所のことを平野が呟いて、その誤字についてはあきらめようかという雰囲気になった。

後は平野が、それを決定するだけだ。

「本のタイトルって大事だと思うんですけど。作者にとっても、読者にとっても」

不意に、黙って成り行きを見ていた郁が口を開いた。

流れに逆らう郁の突然の言い分に、上山が険しい顔をして振り返る。

「おまえ全然手伝いもしないで、入稿間際に来て何言ってんだよ」

「郁」

腹立ちを露《あら》わにする上山に、優人は諫《いさ》める気持ちで郁の名前を呼んだ。

「でも電話してみるべきだと思います」

その腹立ちにはつきあわずに冷静に言った郁に、思わず上山が歩み寄る。

慌てて、佳美が間に入って止めた。

「私が電話します。書籍の責任者として、やっぱりこのままにはできません」

確認を取るように、佳美が平野を見る。

「そうだな。もちろん直してもらえるならそれが一番だよ」

「湊《みなと》くん、だっけ？」

頷《うなず》いて電話を取りながら、佳美は郁を振り返った。

「気がついてくれてありがとう」

疲れているのだろうに、佳美が郁に笑いかける。

無言で、郁は頭を下げた。

「いや、でも待って。俺が電話するから」

電話をするために部室の外へ出ようとした佳美を、平野が止める。

「部長、手が空かないでしょう」

「怒られ慣れてるから。俺」

苦笑して平野は、校正原稿と携帯を持って部室を出て行った。

見送って郁が、続きを校正しようとする。

「郁。これから気づいても、もう間に合わないよ」

場を離れる上山が口惜《くや》しそうにしているのを見ながら、優人は郁の手を止めようとした。

「できるだけ早く見た方がいいってことですよね。まだ間に合うかもしれないなら」

気負うでもなく郁が、平然と続きを読み始める。

淡々とした郁の様子に呆《あき》れて、優人はただ、その横顔を見つめた。


「人、苦手?」

結局、挨拶以外は誰ともまともに話すことのなかった郁とサークル棟を離れながら、重い口調にはさせずに笑って、優人は尋ねた。

人と折り合うのが苦手かとは、問わない。

それは一目瞭然《りょうぜん》だった。ただ郁は我を通したわけでもなく、意味のない強情を張ったのでもない。場に合わせることをしなかっただけだ。

「……すみません」

それで良かったと思っているわけではないのか、郁が小声で謝る。

「俺」

珍しく、郁の方から何かを言おうとしているのを、黙って優人は聞いた。

「優人さんと話すのは、楽しくて」

「あんまりかわいいこと、言わないでくれる?」

率直な郁の言葉を、優人が軽く躱《かわ》す。

「だから、やめるって言い出せなかったんですけど」

「やめたい? 苦痛?」

引き留めるのは、優人にももはや酷に思えて来た。

あてもなく二人で、ただなんとなく歩く。五月の日も傾いて、夜と言っても差し支えのない時間になっていた。

「いえ……ただ俺ずっと、ほとんど一人で本読んでたんで」

それは、わざわざ打ち明けられなくても、優人はもう知っていることだ。

「どうしたらいいのかわからなくて」

なのにすまなそうに郁は、途方に暮れた声を聞かせた。

立ち止まって、少し、優人は考え込んだ。

ここで別れようか、どうしようか。

短い間だけれど郁を見て来て、自分が彼を変えられるとまでは優人は驕《おご》れない。このままずっと、郁の相手をしていることもできはしない。

「どうしたら、いいですか?」

不意に、縋《すが》るように郁が、優人より高いところにある瞳でこちらを見つめた。

本当に、郁は答えを乞《こ》うている。もしかしたら助けを求めているようにも、その声は響いた。放り出せないのは、ごく普通の感情だ。

「もうちょっと、頑張ってみる？」

なんでもないことのように、笑顔で優人が問い掛ける。

「楽しいことも、あるかもしんないから」

卒業論文もあるのに、無理に思えることにまだつきあう気かと、自分を咎《とが》める気持ちも優人にはあった。

平野が言うように、「みんなの優人さん」らしくはあるかもしれないけれど、軽くその人物像を編んできた自分らしい行いとは、優人には思えない。

もしかしたらここで置いて行かれると思ったのか、郁が、俯いて頷いた。

「おまえの部屋、寄せてよ。一冊貸したから、俺になんか一冊貸して」

「もちろんです」

自分より少し高いところにある肩を気楽に抱いた優人に、郁が頷く。

月の明るい道を、二人はこの間辿《たど》った通りに歩いた。

前と同じコンビニで似たようなものを買い込んで、郁の部屋で本を捲りながら優人はビールを開けた。

乱読なりに分類はしているのか、今優人が眺めている山は、全て推理物だ。

「ダブったりしない？　古本屋でまとめ買いすると」

問い掛けると郁は、今日優人が貸した本を熱心に読んでいた。

「……え？　すみませんなんですか？」

「なんでもない。つうか、ビールなくなったー」

丁度、郁が読んでいた辺りが佳境なのは優人もよく知っていて、空き缶を振って笑う。

「あ、俺買って来ます」

「いいよ」

「買って来ますよ」

手を振った優人に、郁は立ち上がった。

「じゃあ、おまえも飲むなら買って来て」

千円札を、優人が郁に握らせる。

何か申し訳なさそうにそれを受け取って、郁は部屋を出て行った。

「あいつ、酒売ってもらえるのかな」

酒を買ったこともないのだろう郁が、果たしてビールを買って来られるのか不安になったが、この辺りは学生相手の商売だ。居酒屋もコンビニも、緩い。

「あれ？　もう一本あった」

いつもより余分に買っていたビールに気づいて優人は玄関の方を見たが、もう郁の気配はなかった。

まあいいかとビールを開けて、優人が本の山を眺める。一通り見ていると部屋の隅の、小さな座卓に視線が辿り着いた。その上に何か、紙の束が寄せてある。

「一年のうちからこんな分厚いレポート書いてんの？　まだ五月なのに」

独りごちて優人は、少しの後ろめたさを無視して手書きで書かれたものを覗き込んだ。

よく見るとそれは、レポートではない。

「……小説？」

今どき原稿用紙に鉛筆で書かれたそれは、どうやら創作物のようだった。

最初の二行を、うっかり優人は読んでしまった。そのまま、ほとんど無意識に手にとって、束を抱えて続きを読む。

無言で、優人は紙を捲った。

字が、変に達筆なのが邪魔だったが、やけに現実的な話に引き込まれる。玄関が開く頃には、優人は八割方物語を読み終えていた。

「同じビールで良かったですか？　俺、わからなくて……って、優人さん！　何読んでんですか‼」

壁を背に膝《ひざ》に乗せた原稿用紙を優人が読んでいることに気づいて、郁が聞いたことがないような悲鳴を上げる。

「もうちょっとなんだよ。この部屋のものなんでも読んでいいんだろ?」

「これは……っ、これは駄目です！　優人さんっ、返してくださいよ‼」

ビールを投げ出して取り返しに掛かって来た郁を躱して、優人は続きを読もうとした。

「勘弁してくださいってば！　優人さん‼」

「郁、真っ赤」

摑《つか》み合いになった郁の顔を間近で見て、優人が初めて見る郁の慌てように吹き出す。

「……酷いですよ」

「だってそこに置いてあったから。おまえが書いたの?」

尋ねた優人に、取り返した原稿用紙を抱えて、郁はすぐに答えなかった。

「一人で書いてんの?　どっかに投稿するの?」

俯いている郁に、優人が問いを重ねる。

「感想言おうか」

「いいです！」

揶揄《からか》いではなく真摯《しんし》に言った優人に、郁は頑《かたく》なに首を振った。

「続き読ましてよ」

「誰にも読ませません！　投稿もしません！」

「暗い」

言い切った郁に、優人が呟く。

「……え？」

感想は要らないと首を振ったのに気にはなるのか、郁は不安そうな声をもらした。

「暗いのは小説のことじゃないよ。一人で書いてんなよ。誰も読まなかったら意味ないじゃない」

「書いたら、それで満足です」

頑なに郁は、原稿用紙を握って放さない。

「そういうのマスターベーションっていうの。いつから書いてんの？」

「……ちょっと、前からです」

「悪くないよ」

郁が拒んだ感想を、優人は簡潔に述べた。

「山ほど本読んでるだけあって、文章読みやすいし。それに」

気を緩めて顔を上げた郁の手元から、優人が小説を引ったくる。

「何より続きが気になる」

「優人さん！」

取り返そうとする郁と揉《も》み合いになって、二人はその場に縺《もつ》れ合って倒れた。

「読ませてよ！」

「まだ書き上がってないしっ、自分でも読み返せてないし！」

「だから、悪くないって。おもしろいよ」

摑んで放さない自分の上に乗っている郁に、優人が笑う。

困り果てたように、郁は優人を見つめたまま動かないでいた。狭い部屋で、二人は折り重なるようになっている。

郁の鼓動が、微《かす》かに聞こえたような気が優人はした。ふと、気をつけろと言った健《たける》の言葉が、優人の胸を過《よ》ぎる。

「返してくださいよ」

似合わない情けない声でもう一度郁が言うのに、優人は笑ってしまった。見た目の良さとは裏腹に、郁に男の匂いはしない。

まだ子どもだ。

「もったいないって」

掌《てのひら》で郁の胸を押し返して、優人は体を起こした。

「後ちょっとだから、書いてあるところまで読ませてよ」

揶揄いは一切含まずに、優人が郁に懇願する。

「目の前でですか……？」

「おまえはビールでも飲んでな」

言いつけて優人は、続きを捲りだした。

抗《あらが》い方がわからないのか、言われた通り郁は、自棄《やけ》のようにビールを飲んでいる。

鉛筆で書かれた世界に、優人は引き込まれていた。多分、これは郁自身の物語だ。

人との関わり方のわからない主人公が、旅をしている。様々な人に会う。どれも上手くいかず、希望はまるで見えなかった。

読み終えそうになって、頁《ページ》を惜しむ。

不思議だった。こんなにも人づきあいができない郁なのに、ちゃんと人間を知っているように、優人には感じられた。人の、良いところも悪いところもきれいなところもそうではないところも、確かに在ると郁は認めてそれを書いている。

自分より余程、郁は人を見ている気がした。

そんなはずはない。沢山の友人と、上手く折り合っているのは明らかに自分だ。

そういうことと書くことはまた別なのだろうかと、優人は首を傾《かし》げた。

「好きな人とか、いたことないの？　てゆうか、今いないの？」

恋愛が一切出て来ないことは意外ではなかったが、原稿用紙の束を整え直して、優人が郁に尋ねながら返す。

郁は拗《す》ねたように横を向いて膝を抱えて、律儀にビールを飲んでいた。

「伯母が、好きでした」

「いや、そういう意味じゃなくて」

答えた郁が恋愛のことを言ったのではないのはわかって、優人が苦笑する。

けれど即答されて、優人は、郁の伯母に興味を持った。

「どんな人だったの？　伯母さん」

問うと、郁が長く考え込む。

「やさしい人で」

小説の中に書かれているのとは違う平易な言葉で、郁は語った。

「等しい、ということを教えてくれました」

「等しい？」

よくわからずに、優人が尋ね返す。

「俺は子どもの頃、等しいこともあるって、知らなくて」

文章とはまるで反対に、郁の言葉はたどたどしかった。

「……何が？」

それが、郁にとってとても大切なことであるような気がして、優人は慎重に聞いた。

「もしかしたら、人と、自分とが」

上手く綴《つづ》れないことを、丁寧に郁が声にする。

「伯母が、容赦なく俺を対等に扱ってくれたので、初めてそれを知りました」

「……そう」

小さく、ぎこちなく笑った郁に、ただ相槌《あいづち》を打つことしか優人はできなかった。

正直、郁の言ったことを優人はきちんと理解できない。

それは自分が郁の言う等しさを、わかっていないからなのかもしれないとも思いはしたけれど、認めるのは難しい。

夢の中のような話だとも、優人は思った。

けれどもしかしたら、郁と郁のそばに、その等しさは存在しているのかもしれない。

今日の、部室での郁を優人は思い出した。物の言い方をわかっていないだけでなく、郁は正しさの前においては、恐れるということがない。

大事なことを自分がなおわかっていないような不安に、一瞬、優人は胸を摑《つか》まれた。

「人に読ませること、考えなよ。これ」

自分の不安には蓋《ふた》をして、優人が郁に説教めいたことを言う。

「そうだ。大学で毎年年度末に、文芸誌出してるの知ってる？　そこで小説募集してるから。投稿しな？」

「そんなこと考えたこともないですよ。だいたい書き上げられるかどうかもわからないし」

即座に、郁は首を振った。

「作家も輩出してるんだよ。『文芸論』だったかな？　締め切り、調べとくから。後なんならこれ、俺がパソコンで打ってやるよ。手書きもいいけど、活字の方が読みやすいし」

「……そんな、優人さん卒論あるのに」

「そしたら俺、これ続き読ませてもらえるでしょ？」

何処《どこ》までも消極的な姿勢の郁に、優人が取り敢えず目の前の自分を指す。

「俺に読ませるために、これ、書き上げて」

そうして、郁に投稿をさせようと、優人は考えた。

「郁」

そうすれば郁と関わる者も増えるはずだと、乞うように名前を呼び掛ける。

綴られた自分の名前を聞いて、郁は優人を見つめた。長いこと郁は、ただ黙っていた。

「そしたら、優人さんのために書き上げます」

大切な約束のように、郁が告げる。

その言葉に、確かに求めたのは自分だったけれど、そんな重い気持ちではなかったと、優人は少し身を引いた。

多少むきになったのは自分だが、郁と近付きすぎている。

「……俺、四年までずっと今のサークル活動してて。友達も沢山できたし、就活にも役に立って。いいことばっかりだったから」

むきになった理由を思い出して、ふと、優人は呟いてしまった。

「郁にも、そうだといいと思ったんだけど」

唐突にサークルのことを言った優人に、あくまでも生真面目に郁は話を聞いている。

無理に、他者と関わることが本当に今の郁に必要だろうかと、優人はもう強いる意味を見失っていた。

沢山の友人と上手くやる。そのことに価値をつけているのは自分だ。けれど一人の人から等しさを教わったと言い、それを実際に行い、自分にも理解できるように紙にも描く郁に、優人が意味づけているものが要るだろうか。

「そんな風に……考えてくれてるなんて、思いませんでした」

だが、逆に郁は優人の好意だと、受け取ってしまった。

「優人さんがそういう気持ちで誘ってくれたのに、すみません。俺」

「いや、だからもう」

「努力してみます」

いいよ、と、言おうとした優人の言葉を遮《さえぎ》って、郁が真っ直ぐに言う。

仕方なく曖昧《あいまい》に、優人は笑った。

それはそれで、もちろん悪いこととは思えない。

「無理は、しなくていいからね」

言い添えた優人にまた、郁は慣れない笑みを見せた。

歪《ゆが》みが少しずつ、ましになっているように映って、自分がそうさせているのだろうかと、優人はわずかに焦りのようなものと、当たり前の愉悦を覚えた。

もし、本当に郁がサークルに溶け込むことができたら、それをサークルでの最後の仕事にしようと優人が思う。

どのみち自分は後一年で卒業なのだからと、心の中で言い訳のように添えた。


「カレッジプラス」増刊号の新刊が刷り上がって、打ち上げの飲み会に、優人は郁と参加した。四年生はまだ就職活動をしているものが多く、優人の同期はほとんどいない。

「ここ、郁座らせてもらっていいかな?」

事前に平野に頼んで書籍コーナーのメンツを集めておいてもらって、その席に優人は郁を連れて行った。

「もちろん。どうぞ、湊くん」

朗らかに返事をしたのは、佳美だけだった。

この間の一件を根に持っているのだろう上山と、同じく良い感情がないのだろう友野《ともの》が、顔を顰《しか》める。

「この間は、差し出たことを言ってすみませんでした」

納得が行かないかもしれないが取り敢えず最初に一言謝るように、言い含めたのは優人だった。郁は快諾したが、少しそのことが優人は気が重かった。

大切な郁の性質を自分が歪めてしまうような後ろめたさが、あった。

「何言ってるの。おかげで誤植のまま出さなくて済んだのよ。ねえ」

「……まあ、そうだな。助かったよ、湊」

おもしろくなさそうな顔のまま、上山がようやく口を開く。

「本の話、してやって。郁に」

その席に試しに郁を置いて、優人は三年生のテーブルに行こうとした。

「優人さん、ここで呑《の》まないんですか？」

その優人の手を、咄嗟《とっさ》に郁が取る。

「子どもかよ」

常々苦々しく思っていたのか、友野がぼそりと言った。

自分に言われたのだと、郁が気づく。

「俺、優人さんいなかったらここにいなかったので」

衒《てら》いもなく郁は、皆がよく知っていることを吐露した。

「あんまり甘えないのよ。優人さんにだって、優人さんのおつきあいがあるんだから」

おかしな雰囲気になりそうになったところを、佳美が笑い飛ばしてくれる。

「今日は私たちと呑みましょう。何呑む？」

そのまま佳美が面倒を見てくれるのを確認して、優人は場を離れた。

郁が自分を見ているのはわかったが、平野たちの席に優人はついた。

「お疲れ様」

生ビールを一つ頼んで平野に言うと、「本当ですよ」と、平野が苦笑する。

「書籍チーム集めてくれてサンキュ」

「まあ、この間は湊のおかげで大きな誤植出さずに済みましたから」

骨を折ったことは隠さずに、平野は優人の飲み物を待って乾杯をした。

時々、優人は郁の席を見た。

佳美が上手く話を回してくれているのか、ふて腐れていた上山や友野も、話している。

何度目かに見ると、共通の話題というのは大きいようで、それなりにその席は盛り上がっていた。最初郁は何度も優人を振り返ったが、微《かす》かに郁が佳美たちに笑うのを見届けて、優人はそっちを見るのをやめた。

飲み会の席は騒がしく、見るのをやめると喧噪《けんそう》に紛れて郁がどうしているのかはわからなくなる。

「面目躍如ですね」

そんな優人を見ていた平野が、ちらと、郁の方を振り返って笑った。

「やめてくれる？　四文字熟語。あいつまともな文章も書けるから、原稿も書かせてみてよ」

結局、平野の言う通り三年生の手前の面目を保ちたかったところから、郁との関わりは始まったのだと、優人が思い出す。

けれど不思議と、「面目躍如」と平野に言われて、いい気分にはなれなかった。

もし、その言葉が欲しくて自分の行いがあったなら、郁に対して酷く薄っぺらい間違いのようなことをした気持ちに、不意に胸を塞《ふさ》がれた。

「今日結構、飲んでますよ。優人さん」

空になった生ビールのジョッキを見ている優人に、咎めるでもなく平野が笑う。

「よく見てるね、平野は」

「目を配るのが役割なので」

実際、言葉の通り平野は、部員が飲み過ぎないように、こういうときに自分はあまり飲まずに周りを見ていた。何か騒ぎが起きて、飲酒年齢に達していない者の飲酒を認めていたことが露呈すると、大ごとになる。

だが、上級生でも自分が飲み始めたら大抵は、みんな自分が飲むのが楽しくなってしまうものだ。

優人は平野に呆《あき》れて笑った。

飲んでもどうしても時々気に掛かって、優人は郁の方を見た。

少し馴染《なじ》んで、郁は佳美や上山と話している。

間違いをしたような気持ちになっていたけれど、これで良かったのかもしれない。結論は、優人の中には見つからない。

「確かに飲み過ぎかも。俺、そろそろ帰るわ」

小声で、優人は平野に告げて会費を置いた。

「湊、置いて行くんですか？」

「もう大丈夫でしょ、あいつ。よろしく頼むよ」

咎めるように聞いた平野に後を任せて、優人がそっと、座敷を抜ける。

靴箱の前で木札を探して鞄《かばん》を探り、スニーカーを取り出して優人は夜道に出た。

月がやけに、明るい。

駆ける足音が、近付いて来るのがわかった。

「……郁」

振り返って、やはりと、思った優人は、それがどういう感情なのか自分でも量りかねた。

もう手を放したつもりだったのに、がっかりしたのと同時に、何か安堵のような思いが胸に触れる。

「抜けて、来ちゃいました」

少しやわらかく、郁は笑った。

「おまえ、いつも走ってるね」

息を切らせる郁を見ることが多いと、優人もくすりと笑う。

「せっかく盛り上がってたのに。盛り上がってたんだろ？　駄目じゃない」

「すみません、でも」

素直に謝ったけれど、郁は優人と歩き出した。

「俺、優人さんといたいんです」

頑なな気持ちを、郁がはっきりと表す。

郁が自分を見ているのがわかったけれど、優人は顔を上げなかった。

「うち、寄ってきませんか？」

「もう結構遅いよ」

一瞬、郁が駆けて来たことを受け入れたものの、優人がこの距離感に迷う。

走って追って来る、郁は、正直かわいい。けれど以前平野が言った通り、優人はずっと、「みんなの優人さん」という枠からはみ出ずにやってきた。それは大学に入ってからのことではなく、ずっとだ。現在の恋人である健とさえ、特別な約束はない。

「この間、優人さん本、持ってかなかったから」

「え？」

なんのことだと聞き返した優人に、郁が寂しそうにして見せる。

「一冊、借りてくれるって言ったじゃないですか」

「ああ」

おかしな言い回しだと、優人は苦笑した。

「じゃあ、少し寄るよ。酔い覚まし」

嬉《うれ》しそうに、郁が笑う。

ほんの少しその顔が、優人には大人びて見えた。


何を借りようかと、優人は郁の部屋で本を捲った。

「俺、もうちょっとこの本借りててもいいですか？　もう一度読みたくて」

背中合わせのような位置で郁は、優人が貸した本を頭からまた読んでいる。

「それ、おまえにやるって」

「貰《もら》えませんよ」

「残りの本も、今度持って来てやるよ」

惜しんで持っていた本だけれど読む者にやるのが最善だと、何の気なしに言いながら優人は気になるタイトルの本を横着して引っ張った。

途端、その山が崩れる。

「あー、ごめんごめん」

謝って優人が、本を拾う。

「しょっちゅうですから、大丈夫です」

郁も一緒に、本を積み直した。

「崩しといてなんだけどさ、この部屋危なくない？　おまえこの真ん中に布団敷いて寝てるんだろ？　地震来たらどうすんの」

「それは……実家でもよく、怒られました」

小言を言った優人に、郁がそれ以上何も言わない。言われ慣れているのだ。

「バイトして、なんかタブレット買ったら？　ここにある本、電子書籍で八割ぐらい読めると思うよ？」

「でも」

提案に、強情さを郁が見せる。

「俺、本が好きなんです。子どもの頃から、紙捲って読んでて」

「……ちょっと、埃臭《ほこり》かったりとか？」

「そう！」

何気なく尋ねた優人に、郁は喜色ばんだ声を聞かせた。

「わかるよ。本当は俺もそう。日焼けした、紙の感じとか」

「でも一番は、紙の匂いですよね」

同意を求める郁のまなざしは、いつになく表情豊かで幼い。

「そうだね。俺も好きだよ、紙の匂い。捲ったときに、ちょっと強くなる」

素直に教えた優人に、郁は大きく頷いた。

そしてふと、大人びた顔に戻って優人を見つめる。

「なら、なんで優人さんは」

随分近いところに顔を寄せて、郁は口を開いた。

「電車に忘れて来られちゃうような、本が作りたいとか」

いつかの優人の言葉を、郁は律儀に覚えている。

「大事な本、俺にくれるとか言うんですか？」

尖《とが》りはしないけれど、郁は優人を、咎めた。

「大事な本だなんて、一度も言ってないよ」

曖昧に答えようとしながら、優人は、問われたことをいつになくちゃんと考えていた。

「でも、俺やなんだ。人の手元に残ったり、何度も見返したり……思い返したり」

無意識に唇が、優人の心の底にあるものを浚《さら》おうとする。

「どうして？」

尋ねられて優人は、答えを探そうとした。健にだけ話した、中学生の時の恋人の顔が、浮かぶ。

けれどすぐにその思考にはブレーキが掛かって、考えは止まった。

思い出を、優人が愛でることは決してない。

「俺は、苦手だって話だよ。郁。おまえ、小説書き進んでるの？」

話を変えて、優人は郁に水を向けた。

「……あんまり」

「『文芸論』の締め切り、九月末だって。それまでに頑張れよ」

「俺、それに出すのは」

「おまえは、人の手元に残る小説書きな？」

押しつけるでもなく、優人が郁を見つめる。

溜息をついて、郁は首を振った。

「小説家になろうなんて、思ったことないです。書き始めたのも、最近だし」

「なら将来、どうすんの？」

何の気なしに、優人が尋ねる。

「俺、本が好きだから」

「よく知ってる」

打ち明けられた郁の言葉に、優人は笑った。

「本、作る仕事がしたいです。言いましたよね？　優人さんと同じですよ。出版希望です」

そして当たり前のことのように言った郁に、優人が啞然《あぜん》とする。

「……おまえさ、それ確かに聞いたの俺だけど」

郁が本気で言っているのはわかって、何からどう言ったらいいのかわからずに、優人は言葉に詰まった。

「本気なの？」

「はい。子どもの頃からの夢です」

真っ直ぐな瞳で言われて、優人がこめかみを押さえる。

「率直に言っていい？」

「……はい？」

何を言われるのか想像もついていない声を返した郁に、優人はそれでも口を開いた。

「就活に役に立つって、おまえのことサークルに誘っといてなんだけど、おまえのコミュ力でかなり厳しいよ。今のご時世」

「何がですか？」

「就活自体がだよ」

余計なお世話かとも思ったが、郁がそういうつもりでいるのなら心構えが必要だろうと、優人が言い切る。

「ましてやマスコミなんて」

無理だとまでは言ってはやれずに、優人は困って郁を見た。

「でも……俺、子どもの頃から本を作る人になろうって」

「だから、書いたらいいじゃない。本作る人になれるよ」

「そんな……」

絶望したような目を自分に向ける郁に、優人も俄《にわか》に罪悪感が湧《わ》く。

しかし、このままなれると信じて郁が就職活動時期を迎えて、更なる絶望を味わうのは目に見えていた。

「会ってみる？　出版社に勤めてる人」

取り敢えず郁は現状を知るべきだと、優人はその宣告を他人に任せることに決めた。

マスコミ向けの試写室の隅で、優人と郁は新作の映画を観た。

周りは当たり前だが業界の社会人がほとんどで、あからさまに学生の二人は、誘ってくれた健の影に隠れるようにしていた。

映画が終わり、エンドロールが終わって明かりがつくと、そこここで挨拶が交わされ始める。

「ちょっと、待っててくれる？」

スーツ姿ではないが、優人と郁のようにカジュアルではない健が、二人に言い置いて名刺入れを出した。

「外で待ってるよ、健さん」

居づらくて優人が、健の背に告げる。

わかったと健が手を振るのに、優人は郁を連れて試写室の外に出た。

「ごめん、健さん今日機嫌悪いみたいだ。いつもはあんなじゃないんだけど」

電話で了承を得て連れて来た郁と挨拶をしたときに、笑わなかった健のことを、優人が郁に謝る。

だいたいが健が機嫌が悪いところなどただの一度も見たことがなくて、映画を観ている間も優人はそれが気に掛かった。

「機嫌、悪かったんですか？　俺みたいなガキに、丁寧に挨拶してくれましたけど」

気づかなかったというように答えた郁も、今日は全く上機嫌ではない。

映画に行くと誘ったものの、健のことを言うと気後れするかと思って優人は告げていなかった。

なんでも健は上手くいなすので優人は何も心配せずに来てしまったが、最初から雰囲気は全く良くない。

「待たせたね、ごめん。メシ、行こうか？」

試写室を出て来た健が、優人と郁に、笑った。

その笑顔を見て優人が、健の不機嫌は気のせいだったかと安堵する。

郁は黙って、頭を下げた。

「何食べたい？　やっぱり肉かな？」

優人ではなく郁に、健が尋ねる。ゲストを優先する、健らしい気遣いだ。

「俺は、なんでもいいです」

「最近後輩とメシ食う機会なんて、優人の他にないから。奢《おご》るよ、遠慮しないで。焼き肉とか？」

「そんな……」

そつなく笑う健に、郁が困り果てたように優人を見る。

「やった。奢りなんだ？　肉でしょやっぱ」

「おまえにはいつも奢ってるだろ？　今日は湊くんの希望優先」

健と優人のやり取りを、ただ郁は聞いていた。

「郁、肉って言えよ」

「……あの」

困ったように俯いた郁に、健が肩を竦める。

「焼き肉は、忙しなくて話ができないかな。居酒屋でいい？」

尋ねた健に、郁はようよう頷いた。


「湊くん、ウーロン茶でいい？」

「あれ？　酒飲ませてくれないの？」

サークルで使う居酒屋よりは随分上等な店のテーブルに、郁と並んで健と向かい合うようについて、優人が首を傾げる。

「社会人ですから。未成年者に飲酒喫煙はさせません」

ふざけた口調で健が、ソフトドリンクのメニューを郁に指差して見せた。

「俺、なんでもいいです」

「じゃ、生二つとウーロン茶一つ」

メニューをろくに見もしない郁に、健が苦笑して注文をする。

「ここ、何食べても旨いから。料理も適当に頼んでいいかな?」

「うん」

尋ねた健に、優人だけが返事をした。

言葉の通り健が、淀《よど》みなく店員にメニューを読んでいく。

仕事で使うような店だと、優人は気がついた。ゆったりしていて個室もあるし、照明が暗くて話しやすい。

仕事の話を郁にしてやって欲しいと頼んだから、健がセレクトしたのだろう。

何を思うのか、隣を見ると郁はあからさまに憂鬱そうだ。テーブルの下で、優人は郁の足を蹴《け》った。

「痛っ。……何すんですか」

「ふて腐れてんじゃないの」

「ふて腐れてなんか……」

いない、と、言い切れる様ではない自覚ぐらいはあるのか、郁が口を結ぶ。

「俺、今日、優人さんに借りてる本の話したかったんです」

小声で、郁が優人に告げた。

待ち合わせ場所に健といた優人を見つけたときの、郁の酷く気落ちしたような表情は、今と変わらない。

「じゃあ、お疲れ様ってことで」

飲み物が先に出て、健は郁の愛想のなさを気にする様子もなく、もうすっかりいつも通りでグラスを掲げた。

「お疲れ」

優人がそうするのに従って、郁もグラスを合わせる。

早くも遅くもなく料理が、きれいな盛り付けで運ばれて来た。

「いただきます」

「……いただきます」

言い置いた優人に、郁も小さく呟く。箸《はし》は、あまり進まない。

それでもまだ若い男三人の食欲で、皿は段々と空になっていった。

無難に映画の感想を優人と健は話して、時々優人が郁に同意を求める。その度にただ、郁は頷いた。

「本題、入ろうか？　出版希望なんだって？」

食事も落ち着いた頃に、健が郁に笑いかける。

「……はい」

「じゃあ、俺と優人の後輩だ」

朗らかに健は、言った。

「正直なところを言うと、もし面接のときも今みたいな感じなら、出版どころかどの企業でも厳しいと思うよ」

やわらかい声音のまま、本当のことを率直に健が告げる。

「……え」

あまりのストレートな物言いに、さすがに郁は声を詰まらせた。

「……って、俺に言ってやって欲しかったんだろ？　ずるいよ優人」

片眉を上げて健が、呆れたように優人を見る。

「だって、まだ学生の俺が言っても説得力ないと思って」

図星を突かれて優人は、こめかみを掻《か》いた。

「就活くぐり抜けて内定取ったんだから、おまえが自分で言えばいいのに。まあでも、そういうこと。なかなか厳しいと思うよ、湊くん」

溜息をついて健は、あくまでやさしい声で郁に教える。

「自覚ないわけじゃないだろ？　郁。自分のコミュ力の低さ」

「でも俺、本が作りたくて」

「だから、小説家になれよ」

酷く落胆した様子の郁にすまない思いもして、優人は郁の進路を提案した。

「あんまり無責任なこと、勧めるなよ優人。不安定な仕事だよ？　……でも湊くん、小説書いてるんだ？」

もっともなことを言って、健が優人を諫める。

「まだ、書き上げてもいないんです」

「いいんだよ、健さん。郁の小説。早く続き読ませてよ、郁」

自分しかまだそれを知らないことを惜しく思って、優人が健に力説した。

「ジャンル何？」

興味があるような素振りで、健が尋ねる。

「文芸かな？」

郁が答えるより早く、優人が郁に問い掛けた。

「俺にはわかりません」

無愛想なのではなく、郁は困っている。

「本にするなら、絶対上製本だから。文芸だよ。写真とか使いたくないな。きれいなイラストで、水彩とか。紙も凝りすぎないのがいい」

読み掛けの郁の小説を、本にすることを優人は想像した。

「優人が本にしたいんだな」

健に言われて、優人は自分が、らしくなく饒舌《じょうぜつ》になったことに気づいた。

「読み捨てられるような情報誌作りたいって言ってたのに、随分話が違うじゃないの」

若干の揶揄《からか》いを含ませて、健が優人を見つめる。

自分の熱さが不意に恥ずかしくなって、優人は口を噤《つぐ》んだ。

「もっと聞かせてよ。湊くんの本の話」

「……俺だってたまには、そういうことも考えるの。おかしい?」

拗ねて、優人が健を睨《にら》む。

「いや? かわいいと思って、珍しく」

睨まれてもまるで気に留めず、衒いなく健は言った。

「……俺っ」

不意に、堪《こら》えられないというように、郁が立ち上がる。

周囲も食事や会話を止めて、郁を見た。

誰より優人が驚いて、郁を見上げる。

「どうしたの。ごめん、おまえの小説のこと揶揄ったんじゃないんだよ。本の装丁、俺真面目に考えたんだ」

「そうじゃや、なくて」

物を言いたそうにしながら言えずに、郁は立ったままでいた。

優人がふと見ると、健は何故だか困った顔はしていない。

「座りな?」

「……すみません」

促した優人に、郁はようやく辺りの視線に気づいたようだった。

「いいよ、もう出ようか。おなかいっぱいになった?」

「うん。ごちそうさま、健さん」

テーブルで会計をしようと店員を呼ぶ健に、優人が礼を言う。

「俺、払います。ごちそうになるわけには……」

何故だか郁は、強情に財布を出そうとした。

「OBの顔、立たせてよ」

鷹揚《おうよう》に笑って、健がカードで支払ってしまう。

「でも」

「ごちそうさまって、言いな。郁」

叱《しか》るように、優人は郁の背に触れた。口惜しそうに郁が見えるのは、就職の話のせいだろうかと困惑する。

「いいよ、楽しかったから」

軽く流して、健は歩き出した。

「……ごちそうさまでした」

ようやく、郁が健に礼を聞かせる。

「いいって」

手を振って健は、店を出ると立ち止まった。

「さてと」

いくつもの路線が交差している地下に降りる階段の前で、健が優人を見る。

「うち来るんだろ?」

「え……? ああ、うん」

自宅の路線の方に目をやった健に、優人が曖昧に頷く。

「じゃあ、湊くんまた」

そつなく、健は郁に手を振った。

「気をつけて帰れよ」

言い置いて、優人も右手を揺らす。

「あの……っ」

歩き出した健について行こうとした優人の手を、郁が思い掛けない力で摑んだ。

「どうしたの……郁」

「俺」

驚いて振り返った優人に、郁が顔を近づける。

「今日、どうしても借りてる本の話、優人さんとしたくて」

言葉の内容と見合わず、郁は必死な目をして優人を見ていた。

どうしたらいいのかわからずに固まっている優人に、健が手を伸ばしてやんわりと郁の手を解く。

「また明日ね」

笑ったのは、健だった。

そのまま健に連れられて、もう振り返らずに優人が地下鉄の階段を下りる。

背の向こうを見なくとも、郁が自分を見ているのは優人にもわかる気がした。


「どうしたの？　ぼんやりして」

先にシャワーを使わせた優人がベッドに座って膝を抱えているのに、濡《ぬ》れた髪を拭《ぬぐ》いながら健は、上半身裸のまま近付いた。

「どうしたもこうしたもないか」

「……あ、健さん。今日はありがと」

話し掛けられていることにようやく気がついて優人が、健に今日の礼を言う。

「久しぶりなのに、コブつきなんて酷いよ」

中途半端に乾かした優人の髪を梳《す》いて、健は唇を合わせた。

「ん……」

深く唇を合わせられて、そのままベッドに横たわりながら優人が健の腕を掻く。耳を舐《ねぶ》られて小さく吐息を漏《も》らしたけれど、優人は目を閉じなかった。

「その上、心ここにあらずですか」

呆れたように言って、健が優人に触れるのをやめる。ベッドを離れて、健は冷蔵庫から缶ビールを二本出して、一本を優人に渡した。

「だいたいが、優人が一人の人間にあんだけかまうのも珍しいと思うけど」

「かまう？」

ビールを開けながら優人が、とぼけようと試みる。

「あの子の話聞いてから、俺たちどんだけ会ってないと思ってんの。デートのつもりで試写会誘ったらこれだし」

ごまかされてはくれず、健は渇いた喉《のど》を冷たい泡で潤した。

「自分でもやばいって、わかってるんだろ？　さすがに」

問われて、頷くことはできずに、優人が今日の郁を思い返す。

ずっと、郁と二人の時間が続いて、優人はちゃんとはわかっていなかった。自分が度を超えて郁に入れ込みすぎたことにも、それが郁に不要なまでに響いていることにも。

「アドバイス聞きたい？」

「聞きたくない」

両手で、優人が耳を塞ぐ。

笑って、しばらく健は優人を見ていた。やがてその一方の手を、ゆっくりと取って耳元に唇を近づける。

「もはやノンケだとかそうじゃないとか、そういう問題じゃないと思うよ」

深刻と思われることを、はっきりと健は告げた。

口調はふざけていたけれど、優人が顔を上げると健は真顔だ。

大きく息を吐いて、優人は健に与えられたビールを飲んだ。


多分、郁は女を知らない。

手っ取り早くこの状況を打破するのは、郁に女をあてがうことだと言った優人を、仕方のないものを見るように見て健は笑っていた。

もう少し愛想を持たせれば郁は、女に受ける容貌《ようぼう》だ。話題が本なら、それも難しくはないだろうと考えて、優人はサークルの三年生に合コンをセッティングしてもらった。なるべく本を読む女子を誘うように要望すると、その中には佳美を始めとするサークルの人間がメンツに入っていた。

「珍しいですね。優人さんが合コンしたいなんて」

「そう？　いつもしたいよ。俺」

セッティングをしてくれた宮本《みやもと》とたまたま中庭で鉢合わせして、立ち話の中で優人が適当なことを答える。

本当は優人はいつも郁と会っているベンチで、郁と待ち合わせをしていたところだった。

「またまた」

「ホントホント」

受け流しているところに、郁が遠目に見える。

「走らなくていいって言ってんのに……」

駆けてくる郁に、優人は独りごちた。

「優人さんの大きなワンコって、もっぱらの評判ですよ」

宮本は思ったことが全部口から出るタイプなのか、聞こえがいいとは言えないことを言って笑う。

少し不愉快だったが、もうそんな風に言われているのかと、優人は危機感を強めた。

「すみません、待たせて」

「待ってないよ、そんなに。今来たところ」

時間通りに来た郁に、優人が苦笑する。

いつものように郁は、息を切らせていた。

「今日は宮本が幹事だから。知ってる？　宮本」

優人が宮本を指すと、ようやくもう一人の存在に気づいて、郁が頭を下げる。

「部室で何度か会ってるよな。よろしく」

宮本は言ったが、郁の方は覚えているか怪しい表情だった。

「でも俺、優人さん来る合コンのセッティングなんてめっちゃ割合わないですよ。優人さん来るって言ったら女ども張り切っちゃって、一人勝ちっすね。優人さん」

変に楽しそうに宮本がぼやいて、歩き出す。

「喋《しゃべ》りやすいだけだよ、俺。それにそんなこと言わないで、郁にもいい子紹介してやってよ」

「湊、結構人気あるよおまえ。気に入った子いたらお持ち帰りしちゃいな」

何処までも宮本は軽く、郁はどうしたらいいのかわからないような顔をして優人を見た。

「まあ、携帯くらいは交換してみなよ。話が合う子がいたら」

いきなり宮本が言うようなことが郁にできるとは優人にはとても思えないので、積極的な相手がいることを期待する他なかった。

不満そうに、郁は眉根を寄せて俯いている。

「行かないと。女待たせちゃ駄目ですよ、うるさいから」

時計を見て宮本は、早足に歩き出した。場所は大学近くの、居酒屋よりは少し小洒落《こじゃれ》たビストロに近い飲み屋だ。

あくまでも郁は、気乗りした様子を見せない。

けれど、もしこれで郁に、彼女とはいかないまでも女友達の一人もできたら、それを理由に郁との時間は終わりにしようと優人は思っていた。

健と行こうとした自分を止めた郁の必死な目を思い返して、焦りが優人の喉を掻く。

郁の部屋で本を読む時間、郁の書きかけの小説を思って少しは寂しさに襲われるけれど、これ以上の深入りは無しだ。

その決め事が何処からくるのかを、優人は追っては考えない。

人に深入りしないのは、優人の信条だ。最初の恋愛で、すっかり懲りた。それだけの話だ。

「優人さんが、合コンに興味あるなんて思いませんでした」

咎めるように、郁は下を向いたまま言った。

「俺は数合わせ。四年なんて卒業するだけだから、これから四年とつきあうなんてないよ」

「どうしてですか?」

「やり捨てられちゃうだけでしょ」

試写会の日に気まずく別れてから郁と会って話すのはこれが初めてで、それがこの下衆な話題かと、優人が少し自分にうんざりしながら呟く。

「優人さんがそんなことするとは思えません」

不意に、むきになって郁は言った。

店の前で佳美たちを見つけて、楽しげに挨拶をしている宮本は、郁と優人の会話に気づかない。

「俺の何を知ってるって言うの？」

冗談めかして、優人は笑った。

何か言おうと口を開いた郁の背を押して、人数の揃《そろ》った輪の中に優人が混ざる。

「店の前で溜《た》まってたら迷惑だよ。入ろ」

優人が促すと、皆はてんでに返事をして、それでも素直に店の中に入った。


男女五人ずつの十人で、学年も学部もバラバラの合コンは情報交換から始まった。

そんなにガツガツしていない集まりがいいと優人が宮本に希望を告げてあったせいか、女子がそこそこ上品だ。

本の話題も優人の望んだ通り一通り盛り上がったが、郁は優人の隣でただ優人を時々見るだけで、会話に参加しようとしない。

「ねえ。優人さん合コン来たの初めてじゃない？」

大学生にはあまり似合わないが価格は安いワインが何本か空いたところで、不意に、質問は優人に集中した。

「だよね？　誘っても絶対来ないって、評判だったもん。あたし自慢しようっと」

「なんで今日来たの？　優人さん」

下級生の女子たちは、優人に興味津々《しんしん》だ。

「誘われないよ、普段」

適当に優人は、茶を濁そうとした。

「それはね、こういうことになるのが目に見えてるから、俺たちが誘わないの。やっかんで」

戯《おど》けて、宮本が口を挟《はさ》む。

実際、場を一番盛り上げているのは宮本だった。満遍なく全員に話を回しているので、優人は感心していた。そして、それでもろくに喋ろうとしない郁に、溜息が出る。

「でもモテるのに、彼女いたって聞いたことないし」

そのまま話は流れてくれず、優人のところで留まった。

「ちょっと、優人さん雰囲気あるから。女の子なんか相手にしないんじゃないって、噂《うわさ》あるよ？」

ふざけて誰かが言うのに、女子が盛り上がって笑う。

「あら、バレちゃった？」

女性に興味が持てないのは生まれつきなので、優人はこういう場面には簡単には動じなかった。わざと強い艶《つや》を出して、居直って見せる。

「なんてね。みんな魅力的だから、誰にしようかいつも悩んでんの。ムッツリなのよ、俺」

「本当？　だったら言っちゃうけどお」

少し皆、酒が回っているようだった。

「OBの三倉《みくら》先輩と、同じ会社行くんでしょ？」

問われて、その情報網に優人が呆れる。

「え？　あのめちゃくちゃかっこいい人？　優人さん同じ会社行くの？　顔で取るの？　その会社」

そうとは知らなかった女子も、健の存在は知っているようだった。

「よく知ってるね、俺の就職先まで。みんなもう就活考えてんの？」

この話題を逸《そ》らすために、優人が質問で返そうとする。

「三倉先輩、優人さんに気がある感じだったよね？」

話は動かず、サークルの後輩が声を潜めた。

「あの人悪ふざけ好きなの。同じ会社なのは偶然だよ」

そこだけ、少し真面目に優人が否定する。

「だってなんか、よく肩抱いたりしてたじゃん」

「してたー！　ちょっと絵になっちゃうの」

肩を寄せ合って、高い声で女子たちが楽しそうに笑った。

向かいに座っている男連中は、少し呆れている。

「女の子は好きだね。そういう話が」

まるで気にしていない素振りで優人は、自分も呆れながら朗らかにして見せた。

後で健をきっちり咎めなくてはと、やはり人の目についていたことに内心少し焦るが、躱すことには慣れている。

不意に、郁が立ち上がった。

「どしたの？　湊。トイレなら奥だよ」

「……俺、帰ります」

奥を指差した宮本にではなく俯いたまま言って、郁が席を離れる。

「大丈夫ですかね、あいつ」

店を出ていく郁を見送って宮本が、「酔ったかな」と肩を竦めるのに、優人は大きく息を吐いた。

静まった場を無理に盛り上げて、最後に全員と連絡先を交換して、優人《ゆうと》は皆と別れた。

自分のアパートに、充分帰れる時間だ。帰った方がいい。なんなら健《たける》を咎《とが》めに訪ねようかと、優人は時計を見た。

今日の目論見は、あっさりと失敗した。それでもあんな風に帰ってしまった郁《かおる》に、佳美《よしみ》が興味を持っていることを別れ際、優人にそっと教えてくれた。

それを郁に伝えて、お終《しま》いにしようと優人が郁のアパートに足を向ける。ドアの前まで行くと郁の部屋には、明かりがついていなかった。

インターフォンを押すには、少し時間が深い。

考え込んで優人は、軽く二度、ドアをノックした。

これで郁が居なければ帰ろうと踵《きびす》を返した途端、ドアが開く。

「……誰か確かめてから開けなよ」

間違いなく自分だと信じて疑わなかった郁に、優人は何度目かわからない溜息《ためいき》を吐いた。

「寝てたんじゃないの？　電気消えてたけど」

「ぼんやりしてました」

言い訳にしてはあまりにお粗末なことを、郁が口にする。

「ぼんやりしてるなら、帰るなよあんな風に。宮本《みやもと》が空気戻すの大変そうだったよ」

「……すみません」

小言を言った優人に郁は謝ったが、表情は堅いままだった。

「そんなおまえでも、自分も名前で呼んじゃ駄目かって子がいたんだけど」

告げた優人に、意味を問うように郁が眉根《まゆね》を寄せる。

「サークルの二年の、松田《まつだ》さん。松田佳美。おまえの向かいに座ってただろ。書籍の責任者。わかるよね？」

言われたらさすがに思い出したのか、「ああ」と興味を見せずに郁は呟《つぶや》いた。

「よかったら、入ってください」

乞《こ》われて、優人が迷う。

「もう遅いし」

「入って、優人さん」

懇願するように、郁は言った。

振り切って帰るべきだと、優人は思った。けれど、郁のまなざしが、泣き出す前の子どものように見えて歩き出せない。

「すぐ、帰るから。松田さんの連絡先、預かってるよ」

いつの間にか馴染んでしまった郁の部屋に、優人は上がった。

郁は眠るつもりだったのか、敷かれた布団の上で無造作に夏掛けが捲《めく》れている。

「いりません。そんなの」

「そんなのとか言うなよ、おまえ。いい子だよ、松田さん」

立ったまま背を向けている郁を、優人は叱《しか》った。

「俺、優人さん以外の誰かに名前呼ばれるのなんかいやです」

そう郁に言い切られて、優人は焦った。

事態は優人が思っていたよりも、かなり切迫している。

「そんでどうすんの？　一生誰にも名前呼ばせないわけにいかないだろ？」

在り来たりの説教をした優人を、郁が振り返った。

瞳が、縋《すが》るように郁を見ている。

「この間、あのまま三倉《みくら》先輩のところに泊まったんですか？」

何故《なぜ》、部屋に上がってしまったのだろうと、優人は後悔した。

「なんで？」

曖昧に濁すには、郁の視線が真っ直ぐ過ぎる。

「時間、遅かったし」

「うん。泊まったけど」

それがどうかしたかと、言おうとして優人は、郁から返る言葉を恐れた。

けれど優人が何も言わなくても、郁の唇が開く。

「さっき、女の子たちが言ってたこと……」

何かを尋ねようとして、郁は黙り込んだ。怖くて聞けないと、そんな風に。

「健さんと、俺のこと?」

敢《あ》えて優人は、自分からその話題を蒸し返した。

「どうだっていいんです！　そんなことっ」

だから冗談だよと優人が言うより早く、郁が声を上げる。

勢いに驚いて優人は、覚えず郁を見上げた。

「いいえ」

出会ってしまった瞳を逸《そ》らさずに、郁がそうではないと、首を振る。

「本当は全然、良くない。俺、三倉先輩と優人さんが行っちゃってから、ずっと、おかしなことばっかり考えて……っ」

いつも本の頁《ページ》を捲っている郁の、思いの外大きな手が、優人の髪に触れた。

不意に、加減なく郁が、優人を抱き竦《すく》める。

息を飲んで、優人は郁の腕の中で身を固くした。

「いやだ」

呟いたのは、郁だった。

「……何が?」

どうやって郁を宥《なだ》めようとまだ思いながら、優人ができる限りやんわりと、尋ねる。

「いやです……あの子たちが言うようなことが、もし本当だったらって思うと。優人さんが、誰かと」

「郁、苦しい」

落ち着いた声で優人が告げると、郁は少しだけ優人を抱く腕を緩めた。

「健さんは、ただの気が合う先輩だよ。同じ会社なのも、ホント偶然だし」

当たり前の嘘《うそ》を、優人が聞かせる。それは健と、何より優人を守るための嘘だった。今、自分のセクシャリティを明かすわけにはいかない。

「おまえと俺と、おんなじだよ」

子どもをあやすように、優人は郁の背を力を込めずに二度、叩《たた》いた。

それでも、郁は優人を抱いて放さない。

「……違います。同じじゃないよ」

優人の髪を抱いて、耳元で、郁は言った。

「俺」

郁の声が、わずかに掠《かす》れる。

「女の人にするようなこと、優人さんにしたい」

乞われて、優人は覚えず、大きな溜息を吐いてしまった。

完全に、しくじった。やってしまった。健の忠告を聞かずに、郁をこんな風に追い込んでしまったのは、紛れもなく優人自身だ。

「ごめんなさい」

溜息を聞いて、郁は心からすまなさそうに謝った。

「……女の人にするようなことって」

抱かれたまま、優人が仕方なく口を開く。

「おまえ、したことないでしょ？　そういうこと」

なんとか、冗談で終わらせられないかと優人は言葉を探した。

「それでも」

否定を、郁はしない。

「自分が優人さんにどんな欲望があるかぐらいは、わかります。自分のことだから」

言いながら郁は、息を吐いた。抱いている手で優人の両肩を摑《つか》んで、郁が目を合わせてくる。

「軽蔑《けいべつ》しますか？　俺のこと」

瞳を覗《のぞ》いて、郁は優人に聞いた。

「俺とセックスしたいってこと？」

もし、自分が見抜けなかっただけで郁が女が駄目だというなら、それなりの対応をしてやらなくてはと優人が尋ねる。

「俺が優人さんを好きだってことです」

けれど、郁から返されたのは、優人が問い掛けたことの返事ではなかった。

一瞬、どうしたらいいのかわからずに優人は立ち尽くした。さっき胸を塞《ふさ》いだしくじったという思いを、誰にともなく強く咎められる。

その責めからは目を逸らして、それでも悪いのは自分だとも優人はわかった。

「俺だけですか？　こんな気持ち」

酷《ひど》く、心細そうな声を郁が聞かせる。

「俺だけが……優人さんをこんな風に」

何より郁を追い詰めたのは自分だと、優人は観念した。

多少の責任は取ってやらなくてはと、郁の手を取る。

「いいよ」

告げられたことの意味が、郁にはまだわからない。

「おまえの、したいようにして」

郁の左手を、優人は自分の右頬《ほお》に触れさせた。

「……おいで」

掌《てのひら》に唇を寄せると、それを答えと受け取って郁が、堪《こら》えられずに優人の髪を深く抱く。

ぎこちない唇へのキスが、郁から優人に施された。

「……んっ……」

唇を割ろうとした郁の肩の辺りにある紐《ひも》を引いて、優人が明かりを落とす。

何度も首を傾けているうちに互いの舌が触れて、そのまま郁に抱かれながら優人は布団を背に倒れ込んだ。

闇雲に唇を貪《むさぼ》る郁の下唇を、優人が舐《な》めて軽く歯を立ててやる。

郁の息が、酷く上がった。

「服……脱がせてもいいですか」

「自分で脱ぐよ」

耳元に聞いた郁の頬を撫《な》でて、優人が自分のシャツを捨てる。

倣《なら》って、郁も自分の服を脱ぎ捨てた。

下着まで全部脱いで、郁が優人を抱きしめる。郁の肌は酷く熱く、もう既に優人を求めていた。

夢中で、郁は優人の肌に口づけ、撫でた。

子どもだと思っていた郁から、男の匂いがした。遠慮がちに下肢を探られて、郁の息遣いを聞いているうちに、優人も否応なく欲を覚えた。

郁の肩を、優人は軽く掻《か》いてやった。

「指で、して欲しい?」

耳を食《は》んで、優人が尋ねる。答えない郁の下肢に優人が手を伸ばすと、郁がその手を摑《つか》んで遮《さえぎ》った。

もう一度、郁は優人に口づけた。

「優人、さん」

熱い声が酷く優人を欲して、名前を綴る。

「……ちょっと、待って」

頬に触れている郁の手を、優人は取った。長い郁の指に、舌を這《は》わせる。

「……優人さん?」

訳を問うように、郁は優人を呼んだ。

舐める度に郁は、我慢がきかないと息を飲む。

「わかる……?」

尋ねると郁は、濡《ぬ》れた指を優人の足の付け根に這わせた。躊躇《ためら》いながら指が、優人の肉を掻き分ける。

「ん……っ」

「……痛く、ないですか」

拒もうとするそこを、それでも郁は優人の唾液に濡れた指で解そうとした。

「そういうこと、聞かないの」

囁《ささや》いた優人に、郁が指を奥に忍ばせる。

「……っ……」

知らず郁が掻いた場所に、優人の息が上がった。

それが郁にもわかったのか、繰り返し郁がそこを押す。

「んあ……」

濡れた吐息を、しどけなく優人は漏らした。

薄闇にその様を見た郁が、息を飲む。

「優人さん、俺、もう」

「……いいよ」

先を乞うた郁に、優人は囁いた。

指を、郁は引いた。

「あの」

「だから……おまえのしたいように、しな?」

どうしたらと、問い掛けそうになった郁の髪を、優人が撫でる。

指を這わせていた場所を、郁は開かせた。濡れた己のものを、優人に押しつける。

「……っ……」

押し入られて、優人は短い悲鳴を上げた。

声を聞いて郁が、動きを止める。

「本当に……いいんですか?」

問うた郁の唇を、優人は指先で撫でた。

それで歯止めが利かなくなって、郁が優人を抱き竦める。

「ん……っ」

「優人さん」

強く優人を抱いて、名前を呼びながら郁は優人の中を行き来した。

「……優人、さん……っ」

何度も濡れた声で呼ばれて、優人も我を忘れかける。

背を抱こうとしたら、郁に指で指を強く絡められて、自分が女なら濡れるかもしれないと、優人は思った。


最後は少し、眦《まなじり》に涙が滲《にじ》んだ。

辛《かろ》うじてそのことを優人が思い出したのは、朝の光に目覚めて瞼《まぶた》が乾いていたからだ。

向き合って自分を見つめている郁が、酷く愛おしい者を見るようなまなざしを向けていることを、自覚するのには時間が掛かった。

「……おまえさ」

自分を抱いたのが健ではなかったことは、体の方がはっきりと覚えている。

「俺もうっかりしてたけど、セックスするときはコンドームつけなさいね」

多分、郁に性体験はないけれど、なら危ないのは自分ではなく郁の方だ。

「俺、気をつけてる方だけど。そうは言ってもわかんないから」

「……すみません」

しゅんとしている郁に、優人が笑う。

「後朝《きぬぎぬ》の会話が、これじゃあんまりだな」

「本当ですよ」

不満そうに言った郁の鼻を、優人は摘んだ。

「痛っ」

「この部屋が明る過ぎんのがいけないんだよ。何時？　おまえ今日一限は？」

シャワーを借りるのはあきらめて、服を着ようかと、優人が体を起こす。

それを、後ろから抱いて郁は阻んだ。

「今日は一限ないです」

剝《む》き出しの優人のうなじに、郁が唇を寄せる。

「それ本当？　……てゆうか、こんな明るいところで、しないよ俺」

さりげなくなかったことにするのはあきらめて、優人は溜息を吐いた。

「昨日」

熱を持つ郁の肌は、まだ夜を引きずっている。

「名前、呼んでくれて……嬉《うれ》しかった」

耳元で郁は、そう呟いた。

郁の熱に巻き込まれて、最後の方は、優人も我を忘れた。そう郁が言うのなら、名前も呼んだのかもしれない。

そのことを郁は酷く大切そうに告げたけれど、優人は覚えていなかった。

「なんで」

自ら地雷を踏むために、優人が口を開く。

「俺だけなの？　名前」

短く、優人は尋ねた。もう聞きたくないような、聞いておかなければならないような、どっちつかずの問い掛けだった。

優人を抱いている郁の腕の力が、少し緩む。

振り返って、優人は郁の顔を改めて見つめた。

暗闇の中では男のように思ったけれど、後朝などというには郁はまだあどけなく見えて、子どもと寝てしまったような罪悪感に苛《さいな》まれる。

追い打ちを掛けるように、頑是無《がんぜな》い目をして郁が幸いそうに微笑《ほほえ》んだ。

「名前が嫌いな理由は、本当に幼稚で」

「それは前も聞いた」

「俺の名前、母が妊娠してたときに父が浮気してた相手の名前なんです」

思いも掛けない訳が郁から語られて、優人は思わず乾いた目を見開いた。

「俺が三歳ぐらいのときに、父は結局その人と一緒になって。なんか、よくある話みたいですけど。子どもにホステスの名前付けたり愛人の名前付けたりして、相手の機嫌取るって」

「……聞かないこともないけど」

どう相槌を打ったらいいのかわからずに、優人が物語の中でならと、呟く。

「でも郁って基本、女の名前だし。小さい頃は揶揄《からか》われるのが、単純にいやで。まあ、そのくらいですめばよかったんだけど、母が本当に俺の名前呼ばないんです。ねえとか、ちょっと、とか」

やはりそれは不自然でと、郁は困ったように笑った。

「父と別れて母は、伯母と同居しました。俺も随分、面倒見てもらって」

「伯母さんは、呼んでくれたんだよね？」

伯母だけ、と、郁が言っていたことは、優人も忘れてはいない。

「伯母は多分、母が呼ばないから、敢えて呼んでくれてたんだと思います。だけど時々、母が伯母に癇癪《かんしゃく》を起こして。俺を名前で呼ぶなって、泣いて怒って。なんでだろう、俺が悪いのかなって思ってました」

遠くを、郁の黒い瞳が追った。向き合いたくない過去を、見つめている。

「幼稚園で使う道具に、名前を書いて欲しいと頼んだら、母に叩かれたことがあって」

打ち明けた郁が本当に小さな子どもに見えて、覚えず、優人はその頬に掌で触れた。

「そしたら伯母が、酷く母に怒って。俺を抱いて、あんたは何も悪くないのよ郁、って」

「伯母さんの言う通りだよ」

「そのときは何も、意味がわからなかった」

独り言のように呟く郁が、遠くからなかなか帰れないでいる。

「嫌な思いしかしないから、名前がどんどん嫌いになって。俺、父を訪ねて行ったんです。小学校に上がったとき」

「……なんで」

悪い結末だとわかっている物語を聞いているような気持ちで、それでも優人は郁の話を遮れなかった。

「名前入れなきゃいけないものは、伯母が全部入れてくれたんですけど。それでもやっぱり、どうしてって。父なら助けてくれると、思い込んで」

自分より体の大きい郁が、本当に小さく見えて、行くのを優人は抱いて止めてしまいそうになった。

「表札に、俺の名前が並んでました。お父さん、俺のこと迎えに来てくれるつもりだったんだって、嬉しくてドアを叩いたら」

「もう……」

「女の人が、出て来て」

いいよ、郁、と言い掛けた優人の声に、郁の言葉が重なる。

「困ったような顔をした女の人に、奥から、どうした郁って。俺のことだって思ったら、その女の人が振り返って返事をして」

目を、郁は閉じようとした。

その瞼に、優人が触れる。

「子どもなりに、不思議と理解しました。そのまま家に帰って、伯母の顔を見たら泣いてしまって。伯母は、でも私が郁を愛してるからって」

思い出に連れて行かれそうになる郁を、優人は指先で止めた。

気づいて、郁が縋るように優人を見つめる。

「しばらくは伯母に名前を呼ばれるのも嫌だったんですけど、伯母はかまわず呼んでくれました。俺は、もしかしたら両親の愛情は持ってないかもしれないけど、その分伯母が愛してくれて、同じだけ、俺も伯母を」

愛しましたと、少し恥ずかしそうに郁は声にした。

「それでも名前のことを聞かれるのは嫌で、ずっと意固地になってろくに友達もいなくて。高校の時に伯母が逝《い》ってしまってからは、もう、誰かに名前を呼ばれることなんてないと……思って」

消え入りそうな郁の声が、泣く。

「だから、誰かが俺の名前の意味を教えてくれたり、きれいだって言ってくれたりするなんて、考えもしなかった……っ」

堪えられず、郁は涙を零《こぼ》した。

「郁」

他にすべはなく、指先で優人が郁の涙を拭《ぬぐ》う。

「……泣かないで、郁」

拭っても拭っても涙はきりがなくて、仕方なく優人は郁の頭を胸に抱きしめた。

書きかけの郁の物語のことを、ふと、優人が思う。あれは完全に、郁の話だ。郁が受けた理不尽、郁が貰《もら》った愛情に埋め尽くされている。愛情は途切れたままで、きっと旅は終われない。終わることはできない。

「優人さんが名前、呼んでくれるたびに」

顔を上げて郁が、優人の瞳を覗く。

「俺、自分の名前好きになれました」

何も知らなかったとはいえ、完全に自分が、郁に対して行き過ぎた真似《まね》をしたことを、優人は今更思い知るほかなかった。

「父に会ってわかったんですけど、顔も父に似ていて、母が俺の顔見ていやな思いしてるのがわかって」

「……だから、眼鏡《めがね》？」

「優人さんが、外してくれた」

とても、優人には背負いきれない。

きれいな涙に凝《こご》る、優人に向けられた郁の思いは。

きっかけはただ、サークルに入れようとしたことだった。平野《ひらの》たちへの手前もあって、馴染ませようと、むきになって無理をした。

積み重ねた時間の中で優人も郁に、本当は愛情がある。そうでなければとても受け入れられないことも、受け入れた。

だが、それこそ優人は、等しさというぬるま湯の中にいる。誰へも変わらない重さで、いつでも捨てられるものだけを持って、軽々と日々を歩く自分を今更変えるつもりはなかった。

「郁」

間違っているとも思わず、酷く胸を掻くものを強く無視して、優人が郁を呼ぶ。

「本当に、きれいな名前だから。おまえによく似合った、いい名前だから」

まだ濡れている郁の頬を、優人は撫でた。

「いつかは、たくさんの人に、呼んでもらいな?」

言いつけて、自分からはもう触れない。

自分には請け負えないのだから、誰かが郁の名前を呼べたなら、この手を放そうと優人は思った。今すぐに郁の胸にいる自分を否定することなどできない。そのぐらいの大きな責任があるという自覚は、優人も持っていた。

目についたシャツを、優人が手に取る。

今度こそ起き上がろうとした優人の腕を引いて、口づけたのは郁の方だった。

「優人さん、俺、今度はちゃんとしますから」

今度という言葉に、優人が小さく息を吐く。

「昨日もちゃんとしてたけど」

「そうじゃなくて……コンドーム」

自分のしたことの始末にようやく気づいたのか、郁はすまなさそうに優人に言った。

どう、答えようかと優人が少しの間、口を噤《つぐ》む。

「俺、買っとくよ。やっぱりシャワー貸して」

服を掻き集めた優人に、ホッとしたように郁は、「もちろん」と言った。

今度と郁が言ったのは、一夜だけではないことを確かめたかったからだ。だから優人も、答えに詰まった。

今にも自分が逃げ出しそうなことは、郁にも多少見えたのだろうかと優人が苦笑する。少し不安そうに自分を見ている郁の髪を、優人は仕方なくくしゃりと撫でた。


健の部屋のソファで、与えられたビールを優人は開けずにいた。

要件を伝えて、すぐに帰るつもりだった。

要件というより、優人が持って来たのは別れ話だ。無論、切り出しやすい話ではない。

「ビール飲まないの？」

先にシャワーを使わせてくれと言ってバスルームから出て来た健は、髪を拭いながらビールを開けて、ベッドにいた。

「うん」

「シャワー、浴びてくれれば」

「……シャワーは、いい」

一応、健との関係が続いている状態で郁とことにいたってしまったことを、口にするのはさすがに容易《たやす》いことではない。

「俺が心配してた通りになっちゃった？」

顔を上げない優人に、健が穏やかなまま尋ねた。

驚いて優人が、健を見る。

その表情が全てを物語ったようで、健は「あーあ」、と子どものように呟くと肩を竦めた。

「だから言ったのに。寝たの？　あの子と」

率直に健が、優人に問う。

「……ごめん」

謝罪で、優人は健に答えた。

二人にとっては長い沈黙が、部屋を覆う。

「まあ、もともと俺たちつきあってるかどうかも怪しかったし。優人があっちがいいって言うなら、しょうがないよ」

身も蓋《ふた》もない言い方だが、健はあくまで腹を立てはしなかった。

「郁の方がいいとかじゃ、ないんだよ。ただ、俺が結局郁がこうなるように仕向けたようなもんだから、ある程度責任は取らなきゃって思って」

「ある程度って？」

「郁が、もうちょっと俺以外の人間と交われるようになるまで」

それまでは郁とつきあうしかないという決め事を、優人が打ち明ける。

「そしたら別れるの？」

「うん」

「なんで別れる前提でつきあうわけ？　全然好きじゃないの？　あの子のこと」

当たり前のことを健に問われて、優人は答えに詰まった。

何か、不思議な感じがした。

そういう当たり前の前提を、健と優人は飛ばしてつきあっている。今更、健がそれを何故言うのかと優人は思ったが、この別れ話の非が自分にあるのは明らかで口には出さなかった。

「郁は多分……今は、俺しか好きじゃないから」

「見捨てられない？　まあ……しょうがないか。それなら」

飲みかけのビールを置いて、健がベッドから立ち上がる。

「いいよ」

「え？」

「あの子とはいずれ、別れるんだろ？　そしたらまた帰って来れば。そんとき俺が、空いてたらの話だけど」

物わかりの良さとは裏腹に、健は、不意に優人をソファに倒した。

頬を撫でられ、唇を重ねられて優人が戸惑う。

「ん……っ、健さん……言ってることとやってることが」

「人のもんになると思ったら、惜しくなった。最後にもう一度、やらせて」

ぎこちなかった郁の愛撫《あいぶ》とは違って、優人の悦《よ》くなる場所をよく知っている指や舌が、耳や肌を愛撫した。

シャツの裾《すそ》から手を入れられて、健らしくない熱に、優人も流されてしまいそうになる。

そもそも悪いのは自分だ。もう一度くらいと、健の背に優人の指が掛かりかける。

「……っ……」

返事を待たずに、健は容赦なく優人を愛した。

「あ……っ」

掠れた声が漏れて優人の唇が、健の名前を綴りそうになる。

途端、今朝の郁のまなざしが、優人の胸を過《よ》ぎった。

目を開けたときに酷く愛おしそうに自分を見ていた、郁の瞳。名前を呼んだことを嬉しかったと告げた、郁のまなざし。

こぼれ落ちた涙は熱く、ガラス玉ではなかった。

「健さん……！」

気づくと優人は、健の胸を力いっぱい押し返していた。

「ごめんっ、なんか俺……っ」

目も合わせられず、健を傷つけない言い訳も出て来ない。

「無理矢理とか、趣味じゃないよ俺」

肩を竦めて健が退くのにもう言葉も見つからなくて、優人はシャツの前を掻き合わせて部屋を飛び出した。


寝てしまった相手と次に会うのは、そんなに気軽なことではない。

中庭で待ち合わせたいとメールをしてきた郁に、図書館に用があって時間が見えないから部室でと、優人は返した。

嘘ではなく、図書館で持ち出せない資料を読んでいたら、大分遅くなった。

あんな合コンの後だけれど、佳美が郁の面倒を見てくれてはいまいかと思いながら、さすがにあまり郁を一人にはできないかと優人が閲覧室の席を立つ。

「あ、優人さん」

カウンターで本を返却して図書館を出ようとしたら、丁度、佳美とばったり会った。

「松田さん。この間はどうも、楽しかったよ」

「こちらこそ」

通り一遍の挨拶《あいさつ》をして別れるのも不自然で、二人で連れ立ってサークル棟に歩く。

「紹介コーナーの本、探してたの？」

「そうなんです。新刊は、この間みたいなことになるからちょっと懲《こ》りちゃって。読んでから紹介したいし、発掘本みたいなのがいいなあと思って企画中」

清潔そうな服を着た佳美は、爽《さわ》やかな笑顔を優人に向けた。

「そういうの、郁に向いてると思うんだけど」

「うん。手伝って欲しいな。悔しいけど私より読んでる、あの子。なかなか会わないですよ、私より本読んでる人」

感嘆と少しの悔しさを滲ませて、佳美が肩を竦める。

「松田さん、郁のそこ、気に入っててくれたの？」

さりげなく優人は、この間の合コンに話を戻した。

一瞬、キョトンとした顔をして佳美が黙る。

「え？　やだ優人さん。私」

困ったように笑って、佳美は手を振った。

「湊くんのことは、部長に頼まれて。頼んだの、優人さんでしょ？」

「……そうだけど。でも名前で呼んでいいとか、言ってくれたから」

何を言っているのかと、まるで色気を見せずに笑う佳美に、肩透かしを食らって優人は驚いた。

優人の問いに、答えに迷うように佳美が首を傾ける。

「名前、何か嫌な思い出あるのね。あの子。詮索するつもりはないんですけど」

大人びた口調で、佳美は訳を聞くつもりではないと、言い添えた。二年生にしては佳美は落ち着いている。多分頭もいいのだろうということに、初めて優人は気づいた。

「誰が訊《き》いても嫌な顔するけど、優人さんに呼ばせられるなら、一人でも多くの人に湊くんが名前を呼ばせられるようになったらいいと思っただけなの。お節介だけど」

小さな子どもに接するような佳美のやさしさに、自分の邪推を優人が恥じる。

「でも、頼まれたからじゃなくて、私湊くんのこと気に入ってます。恋愛とかじゃないけど。だいたいまだ、彼のことそんなに知らないし」

「どんなとこが？」

ハキハキと言った佳美の言葉はただ、優人には嬉しく思えて、理由を尋ねた。

今の時点で郁を気に入っていると言えるのは、かなりの強者《つわもの》と言える。

言葉を選ぶのに慎重なたちなのか、佳美は少し考え込んだ。

「人に対して垣根が、ないなと思って」

「あいつ垣根ありまくりじゃない？」

返ってきた言葉には驚かされて、優人が思わず否定してしまう。

「もちろん、優人さんのことは本当に特別みたいだけど」

苦笑して、佳美はやんわりとそのことを言い置いた。

「いい意味でこの子、向かい合った人と対等なんだなと思ったの。それは、誤植のときにも思ったことなんですけど」

黙って、優人が佳美の話を聞く。

「年上とか年下とか、男とか女とか、関係ないみたいで。打ち上げで、書籍チームで呑《の》んだでしょ？　そのときはみんな自分の好きなものの話をしてるわけだから、我が出るの」

「うん」

「でも、湊くんは自分の意見だけを通すつもりでは話してないの。なんて言うのかな？　誤植のときと同じ。思ったことを相手に告げてるだけで、言葉で勝とうとかそういう気持ちは見えなくて」

郁と本の話をしたのが余程楽しかったのか、佳美は似合わず饒舌《じょうぜつ》になった。

「相手を上からも下からも見ないの。そういうところ、すごいと思います」

そんな風に人を評せる佳美こそ、素敵な女性だと優人は感心した。

己の浅はかさがその隣に立って、露骨に浮き彫りになる。

「……松田さん」

話しながら歩いているうちに、いつの間にか二人はサークル棟に着いていた。

「もっと、郁と本の話してやって」

さりげなく優人が、部室のドアを開ける。

「私の方こそ、話したいですよ。ドア、ありがとうございます」

照れて佳美は頭を下げると、部室の中に入った。

この間増刊号が出たばかりだけれど、次への準備のためにあちこちで資料やパソコンが開かれている。

「優人さん」

相変わらず一人でいた郁が、優人に気づいて声を上げた。

酷く恋しそうに、縋るように、郁は優人を真っ直ぐに見つめている。聡《さと》い者になら、二人が寝たことがわかるのではないかとさえ思えて、優人は溜息を吐いた。

自分のところに駆けて来そうな郁を掌で止めて、窓際に優人は行った。空いている郁の隣に座って、距離を詰める。

「あのさ」

騒がしい部室で、なお、優人は声を潜めた。

「松田さんおまえに気があるってのは、俺の勘違いだった。ごめん」

「どうしたんですか、急に」

そんなことはどうでもいいというように、郁が優人ばかりを見つめる。

「でもおまえのこと多分、すごくよく見てくれてるよ。先輩として。松田さんと話したとき、感じなかった？」

尋ねると郁は、目を伏せて考え込んだ。

「……こないだは、そんなのとか言って悪かったです」

優人の言うことはわかったのか、郁が佳美の連絡先を拒んだことを謝る。

「でも、優人さんなんで俺と誰かをみたいなこと……そんなの変ですよ」

けれどそもそもの言葉を思い出して郁が、暗く沈んだ。

「……結局、三倉先輩とは」

言い掛けて、郁は最後まで訊けないでいる。

「本の紹介コーナー手伝っておいで」

健とのことを知るのが怖いのだろう郁がわかって、けれど優人はそのままにした。

「でも俺、新刊は……」

「松田さん!」

困ったように首を振った郁を遮って、優人が平野と話している佳美を呼ぶ。

「さっき話してた、発掘本みたいなの。郁に手伝わせてくれる?」

郁の腕を摑んで優人は、佳美と平野のところまで移動した。

「もちろんです。本当にお願いしたいと思ってたの」

頼んだ優人に、快く佳美が笑ってくれる。

「いいですよね? 部長。私、湊くん借りて」

一応、佳美は平野に断った。

「ああ、じゃんじゃん働かせて」

話が進むのに郁は、戸惑って立ち尽くしている。

「じゃあ、閉館も近いけどちょっと図書館行こうか。湊くん」

佳美に問われて、郁は答えられないでいた。

「返事ぐらいしろよ」

焦《じ》れて優人が、郁の尻《しり》を叩く。

「あ……はい。よろしくお願いします」

ようやく郁が頭を下げて、二人は歩き出した。

そこに優人がいてくれるのかと、確かめるように郁が振り返る。

「待ってるから」

仕方なく優人は、郁に告げた。

嬉しそうに、郁が顔を綻《ほころ》ばせる。

部室を二人が出て行くと何か疲れが襲って、今日郁と会うのに気が張っていたのだと気づきながら、優人は空いていた椅子《いす》に座り込んだ。

「厄介払いですか？」

パソコンを叩いたまま、平野が思いも掛けないことを言うのに、優人は何も答えられなかった。

「懐かれすぎて、鬱陶《うっとう》しくなっちゃったんじゃないですか」

それどころの話ではないが、図星に近いことを平野がさらりと言う。

「そんなことないよ」

「でも優人さん、そういうところあるから。深入りしないでしょ、誰にも」

否定した優人に、平野は責めるわけではなく笑った。

それきり平野はもう何も言わずに、手元の資料をパソコンで打ち込んでいる。

内心、優人は穏やかではなかった。

上手くやれている、過不足なく過ごしていると過信していたのに、自分という人間が平野には透けて見えている。

さっき佳美と話したときには、自分で、自分の愚かしさが見えた気がした。今はそれを、平野に言葉にされてしまった。

自覚が、まるでないわけではない。

また、昔のことを思い出し掛けて、優人はやめた。思い出されるきっかけになる全てのものを捨てたい。

そのぐらい、最初の恋のことを思うのは優人には苦痛だった。

梅雨が、いつの間にか深まっていた。

雨の音は、部屋で聞く分には嫌いではない。そんなに切羽詰まっているわけでもない卒業論文を放り出して、講義のなかった日の晩、優人は何もないフローリングの床に仰向《あおむ》けになった。

「……そろそろバイトでもするかな」

もう少し忙しくしていた方が気が楽だと思ってから、何がそんなに気が重いのかと考える。

部室に昨日今日と、敢えて顔を出さなかった。佳美が本当に良くしてくれるので、優人がいなくても郁は多分、部室でそこそこ皆とやれている。そのサークル活動も、もう終わった頃だろう。

一人でもずっとバイブにしているメールの着信が、机の上から響いた。メールの主も内容もわかっていて、優人はさっきから無視している。

間隔を開けて、またメールが入ったのがわかった。

仕方なく起き上がって、優人がメールを開く。

「会えませんか」

短い郁のメールを、優人は戯れに読み上げた。

「会いたいです」

小説に書いていた文章は饒舌なのに、郁のメールは短い。

「少しだけ顔を見に行っちゃ駄目ですか。……ダーメ」

メールに声で返事をして、優人は立ち上がった。雨のせいで肌寒いので、上着を取る。

机と、ベッド。クローゼットの中に、洋服と、九冊の本。この部屋には本当に何もないので、散らかるということもない。

それでも優人は、部屋に人を上げるのが嫌だった。何度か健は上げたが、健の部屋で会うことの方が圧倒的に多かった。

誰かの匂い、気配、他人を想起させるものが部屋に残るのが嫌だ。何事も振り返らない、そういう習性が身についていた。

「今……そっちに、行くよ」

呟きながら、メールを打つ。

思い切りをつけるように上着を羽織って、優人はスニーカーを履いた。


酒を買って優人は、郁の部屋に上がった。

一番最初に訪ねたときに、まだ片付いていないと郁が言ったのは嘘ではなかったらしく、二ヶ月近くが経ったら部屋は少しマシになっていた。それでも本は増える一方で、どうするつもりなのかと呆《あき》れながら優人は郁とビールを飲んでいた。

「今日も、部室来なかったですね」

「俺、もう講義のない日もあるから。それに前に言ったでしょ、四年だから俺はもう作らないよって。フリーペーパー」

「でも、優人さんいないと寂しいです」

素直すぎる言葉を、郁は衒《てら》いもなく聞かせる。

「松田さんと本の話するのも、楽しいだろ」

「そうですけど。それとこれとは」

「卒論これから佳境だし、前みたいに頻繁《ひんぱん》には顔出せないよ」

暗に、今までのようには郁とも会えないことを、優人は伝えた。

「優人さんが卒業しちゃったら……もっと、会えなくなりますよね」

物理的に離れるという現実が来年には待ち受けていることを、郁は気づいてはいるようだった。

「そうだね。仕事も割と、不規則みたいだし」

実際、健とは彼の就職後に会う頻度が在学中の比にもならないくらい減ったので、優人はそれを実感している。

だから、卒業までだと優人は思っていた。郁とのことは。

そうじゃなくても、優人が社会人になり、郁にもサークルに仲間が増えれば、状況は自然と変わるだろう。きっと、郁からの優人への執着も減る。

「俺、バイトしようと思うんです」

「そうなの？　いいんじゃない？」

卒論が忙しくなると言った手前自分もしようと思っているとは言えず、優人は相槌を打った。

「それで、優人さん卒業したら……俺と一緒に、暮らしたり、考えられませんか？」

遠慮がちに提案されたことに、飲みかけたビールに優人が噎《む》せて咳《せ》き込む。

「……っ、何考えてんのおまえ！」

思わず優人は、思ったままを口に出してしまった。

「だって、そうでもしないと会えなくなると思って。俺、そんなにおかしなこと言いました？」

大きな声を出されたせいか、郁が悲しげに呟く。

「俺たち……恋人ですよね？」

確かめるように、臆病さを覗かせて、郁は優人に問い掛けた。

「会えない時間は、小説書いてなよ。俺のために書き上げてくれるんじゃなかったの？」

答えてはやらず笑って、優人が机の上にある原稿の束を手に取る。

「駄目ですよ！　まだ終わってないんですからっ」

慌てて、郁はそれを取り返そうとした。

「続き読みたいんだよ。いいよ終わってなくても！」

言いながら優人は、小説は書き上がらないと思っていた。これは郁の物語だ。郁は書くのをやめないだろう。

「推敲《すいこう》もしてないし！」

揉《も》み合って優人が、結局、郁に原稿を取り上げられる。気づくと優人は、郁の体の下にいた。

「重い、郁」

原稿を机にやって、郁の右の掌が、優人の頬に触れる。

「……泊まって行って、ください」

懇願を、郁は聞かせた。

優人が黙っていると、ゆっくりと唇が降りてくる。

右手で優人の髪を、左手で腰を抱いて、郁は口づけを落とした。

「ん……」

首を傾けて郁が、怖《お》ず怖ずと優人の舌を食む。

背を抱いて優人からも、舌を絡めてやった。

濡れた唇が深く合わさって、郁の指が優人の肌をまさぐり始める。

一度、優人は郁の肩を押して、口づけを解いた。

「俺今日、持ってないよ。ゴム」

「……買いました。俺」

恥ずかしそうに郁が、それらしき包みを引いて俯《うつむ》く。

「素直だね、郁は」

呆れて、優人は少し笑ってしまった。

「明るいの、やだよ」

優人が告げると、郁が立ち上がって煌々《こうこう》と光る電気を、常夜灯に直す。

そのまま押し入れの前の布団を郁が引くのに、観念して優人はシャツを脱いだ。

郁も服を脱いで、優人の上に覆い被《かぶ》さる。

キスを、郁は繰り返した。

「……んっ……」

少し、優人は憂鬱だった。

初めての郁を相手にした翌日、優人は体のあちこちが痛んだ。この間と変わらず、郁の愛撫は酷くぎこちない。

それでも、うなじを吸われながら求める郁の熱が上がるごとに、優人の体も否応なく反応した。

「ん……っ」

耳を舐《ねぶ》られると、背筋がざわりと騒ぐ。

そのことに気づいた郁が、丁寧に優人の耳を愛撫した。

「……んあ、よせよ……もう」

小さく声が漏れてしまって、優人は郁を咎めた。

「だって、まだ他にわからないから」

切ない声で耳元に、郁が囁く。

「何が」

「どうしたら、優人さんが……気持ちいいのか」

「いいよそんなの。おまえのしたいようにしていいって、言っただろ?」

頼りなく郁が言うのに、郁の肩を優人は押し返した。

「……ほら」

この間と同じように、優人は郁の指を舐《な》めてやろうとした。

けれど郁はそれを拒んで、自分で自分の指を舐めた。

「郁」

中指の背を舐める薄闇の郁が、変に色を持つ。濡らした指で郁は、優人のそこを掻いた。

「あ……っ」

耳を嬲《なぶ》られたまま指を入れられて、覚えず優人の声が漏れる。

丁寧に、郁は優人の肉を解そうとした。

「いいって……もう、いいから入れな」

「優人さんこの間、痛いだけだった？」

耳たぶに舌を這わせて、郁が熱い息を吐く。

「ん……あ、どっちでも……いいだろ」

「そんなの俺、嫌です」

「……っ……」

耳たぶに歯を立てられて優人は、思わず郁の肩を掻いた。

優人の震える場所を探していたいけに、郁の指が肉を掻き分ける。

「痛くないですか？」

答えると声が出てしまいそうで、優人はきつく唇を嚙《か》み締めた。

「優人さん？」

全てが、郁はぎこちない。けれど、優人を傷つけまいと必死なのが、優人にも伝わる。

こんな風に誰かに触れられたことが、昔、あったとふと、優人はそのときのことを思い出しそうになった。

「……郁」

手元に返りそうになる記憶を強引に押しやって、優人が郁を呼ぶ。

「もう、付けて。ゴム」

ようよう、優人は郁に言った。

「でも」

「付け方、わかる？」

尋ねると郁が、少し曖昧に頷いて優人の中から指を抜く。

包みから郁が一つ取ったコンドームを、優人は手に取った。ビニールを開けて中身を取り出して、郁に見せる。

「先のとこ潰《つぶ》して、空気入らないようにして」

こう、と、優人はそれを、郁のものに付けてやろうとした。

「待って……っ、優人さん！」

根本までコンドームを下ろした優人に、郁が掠れた声を上げる。

「どうしたの」

「……優人さんが、触るから」

堪えられないと、郁は息を詰めた。

「うん」

いいよと、優人が郁の耳元に囁く。

それでもまだ、決して乱暴にしないように努めているのだろう。精一杯のやさしさで、郁が優人の体を開く。

「ん……っ」

ゆっくりと先端を受け入れて、優人は少し、腰が動いた。この間より、感じている自分に気づく。馬鹿みたいに丁寧に郁が触れるからだと、乱れる息に優人は心の中で言い訳をした。

「もう少し……いいですか？」

「あ……っ」

さっき郁の指が探していた場所を、優人は深く触れられた。

「んあ……っ、んっ」

濡れた声が優人の唇から、零れてしまう。

「……優人さん、気持ちいい？」

確かめるように、郁が耳を食んだ。

「……っ……」

悲鳴に近い声が優人の疼《うず》きを、郁に教えてしまう。

それでやっと、郁は動き始めた。

大切にされていると、優人は知る他ない。人と上手く関わることができなくても、郁はこんな風に、人を愛せる人間だということも。

腕の中の恋人を何処《どこ》までも思う郁の心は、ただ、曇りなくきれいだ。

なら自分はどうなのかと、優人は不意に、我に返りそうになった。

「郁」

そんなことを知りたくはなくて、郁を呼ぶ。

「加減しなくて……いいよ」

途切れ途切れに優人が言っても、郁は無闇なことをしなかった。

「もっと、したいようにしていいから」

「なんで、そんなこと言うの。優人さん」

乞うても郁は、己を抑えてゆっくりと蠢《うごめ》く。

「郁……っ」

愛情だけで体を貫かれて、優人は逆に、強く肉をわななかせた。

郁が教えられた、等しさとはなんだろうと、優人が今自分に施されている行いにそれを思う。

「……まっ、て……っ」

わかっていなかったことが郁の手で、優人の肌に、少しずつ刻まれていた。

いつものベンチで、梅雨の晴れ間に郁は本を読んでいた。

遠目にそれを見つけて、熱心さに優人が、初めてここで郁を見たときのことを思い出す。そんなに前のことではないのに、随分遠くにそれは思えた。あのときはまだ、郁の名前も知らなかった。

近付いても自分に気づかない郁が珍しくて、後ろから優人は郁が読んでいる本を覗き込んだ。

「何読んでるの？」

「優人さん！」

耳元で問い掛けた優人に余程驚いたのか、郁が辺りに響き渡るような声を上げる。

「驚き過ぎ、おまえ」

もっとも行き交う学生たちはそれぞれのお喋《しゃべ》りや手にしている端末に夢中で、それぐらいでは誰もベンチを見ない。

「心臓に悪いですよ」

「アンデルセン童話？」

大きく書かれている文字を読んで、優人は郁の隣に腰を降ろした。

「『白鳥の王子』です。これ、紹介させてもらえないかと思って。『カレッジプラス』で」

「それ……」

「前に、優人さんと話した。十一人のお兄さんがいるお姫さまの話ですよ」

その物語について郁と話したことは優人もよく覚えていて、郁の手元から本を奪う。

「子どもの頃読んだ童話で、俺たちみたいに断片だけ覚えてたり、話がごっちゃになったりしてるのみんなあるんじゃないかなって。それを、解説できたらと思ったんです」

「それいいね。おもしろいよ」

郁の発案に、優人は感心した。そういう頁があるなら、自分も読みたい。

「だから、取り敢えず読み返してたんですよ。返してください」

「俺も読みたいこれ」

本を取り合って二人は、結局郁が頁を頭から捲って、一緒にその大判の本を読んだ。長い物語ではない。童話の訳にしては大人向けだったが、そんなに時間が掛からずに読み進んでいく。

郁は開いている頁を読み終えると、しばらく優人を待って確かめるようにしてから、紙を捲った。

図書館にあった古い本なのだろう。黄ばんだ紙の、時を経ている特有の匂いがした。

指を血に染めて上着を編む姫のように、ただ黙って優人は、郁と一冊の本を読んでいた。まるで覚えのない、穏やかさだった。

読み終えてしまうのを、優人は惜しんだ。

このまま、ただ本を読むように郁といてはいけないのだろうか。

ふと、ぼんやりと優人は自分に問い掛けた。何故いつまで、いつまでと、どんなときも終わることと捨てることを考えるのだろうと、己に優人が惑う。そんなに重かっただろうか。最初の恋は。何に自分が怯《おび》えているのか、優人もはっきりとはわからない。

「……優人さん。そんなに近くにいられると、俺」

読み終えてしまった本を閉じて、郁は少し、優人を離れた。

「中庭だってこと、忘れそうになるから」

自分を正直に教えて、郁がはにかむ。

「郁」

郁のまなざしは、いつだって優人には真っ直ぐだ。

「いつまでも俺なんかに、そんな風に思ってたら……駄目だよ」

不意に、さっきまで思っていたこととは真逆のことが、優人の口をつく。

「どういう意味ですか？」

「最近は、サークルの連中ともちゃんとつきあえてるだろ？　松田さんとも、親しくなれたし」

「だから、それとこれとは……」

「松田さん、おまえのいいところ、ちゃんとわかってくれてる。俺よりよっぽど、おまえのこと理解してくれてるよ」

　この間、佳美の言っていた郁が、優人にも今は見えていた。それが曇らず最初から見える人間とこそ、郁は居るべきなのではないか。自分などよりと、それが優人の口をつきそうになる。

「それで、俺にどうしろって言うんですか」

　少し、郁は腹を立てて見せた。

「なんで、俺なんかとか言うんですか？」

　強い口調で郁が、その言葉を咎める。

「本当言うと俺、時々、不安になるんです」

　胸に秘めていた何かを、郁は優人に打ち明けようとした。

「何が？」

「優人さんと一緒にいて……抱きしめたって思うと、その瞬間に優人さんは、俺の手を振り解いて行こうとする」

　あるがままを、郁が言葉にする。

「その繰り返しみたいだって、最近気づいて」

「そんなことないよ」

　呆然《ぼうぜん》としながら、優人はそれでも否定をした。

　抽象的に郁が語ったことは、事実だ。

けれど、そのことに郁が気づいていると、優人は思いもしなかった。

「近づきすぎないようにしてるように、見えます。だから今は俺、嬉しかった。普段は何か」

思うほど、自分を取り繕えていないのか、まだ郁を侮《あなど》りすぎているのか、それほど真摯《しんし》に郁が自分を見ているのか。

「近づくのを、怖がってるみたいだから。優人さん」

全てなのだろうかと、優人は戦慄《わなな》いた。

「何を、怖がってるんですか？　もしかして誰かに……傷つけられたことがあるんですか？」

それを訊くのは郁も躊躇って、言葉が尻すぼみになる。

「なんでそんな風に思うの」

笑おうと、優人は努めた。

「誰かの手元に残る本を作りたくないとか、時々、返事を曖昧に煙に巻いちゃうようなところとか。優人さんらしくないから」

まさに今、曖昧に煙に巻こうとしていた優人の表情が、思うように動かない。

前にふざけて郁に向けた言葉が、棘《とげ》を持って優人の喉《のど》から出掛かった。

郁が自分の、何を知っているというのか。何もわかっていないと。

だが、それらのことがらしくないものだと、郁に思い込ませたのは優人自身だ。そんな風に、郁に優人は近づいた。気軽に。

この郁との時間は、嘘の時間だ。

だから、早く終わりにしなければならない。

いたいけな郁のまなざしが、優人に向けられていた。古い童話の紙の匂いを、二人は纏《まと》っていた。

本当はまだ、終わりにしたくない自分に優人は気づいた。日々、郁の存在が優人の中で大きくなっている。けれど嘘から始まっているものを、続けるのは無理だ。

何故、嘘のやさしさで自分は郁に触れたのだろうと今更、優人はそれを悔いた。それはその程度のものしか自分は持っていなかったのだから、仕方がない。自分なんかと口をついたのは、そういうことだ。

どうして自分は、そんなものしか持っていないのだろう。

答えは優人には見つからない。見つからないのではない。見つけてしまうのが、怖い。

「傷つけられたことがあるのは……おまえの方だろう？」

問い返して優人は、話を終わらせようとした。

近くにいた郁から、心を、優人は遠く離した。

「いばら姫は、優人さんの方なんじゃないですか」

「いばらじゃなくて、イラクサなんだろ？　本当にそう、書いてあったな」

なおも優人を追おうとした郁を拒んで、本に、優人が触れる。

その本を持っている郁の長い指を、優人は見つめた。

「最近、編んでないな。郁は」

口を結んでいた頃の郁は、指を血まみれにしているように優人には見えていた。今の郁は違う。ただそのことにだけ、優人は微笑んだ。

「……優人さんも、編んでなければいいんですけど」

呟いて郁が、無意識に優人の指を取る。

「よせよこんなところで」

慌てて優人は、郁の手を振り解いた。

「ごめんなさい」

中庭だと今、思い出したのか郁が笑う。

「優人さんのことしか、考えてなかった」

言葉を綴る郁は、その美しさが硝子《ガラス》の側面のように優人をきれいに裂くこともあると、気づいてはいなかった。

それでも、このまま郁といられないだろうかと、優人は最近見慣れてきた郁の笑顔を、見つめた。

多分、いられはしないと、優人はよくわかっている。

そもそも自分は、郁が思っているような人間ではないのだから。

近頃何か、気持ちが沈むことが多い。

そういうことが自分は少ないと優人は思っていたけれど、沈み始めると元々そんな性《しょう》だったようにも感じられてくる。

郁と二人でいる時間を重ねるごとに、ぼんやりとした予感のようなものを、優人は纏うことが増えていた。それは、良い予感ではない。

大きなシネコンの、甘いポップコーンの香りが漂う広いロビーで、ベンチに座って優人は掌を見た。

イラクサとは、どんな植物だろう。自分がいばらだと思っていたその草で上着を編んでいた姫の指は、本当に痛そうだった。

今、自分も指が痛いような気がする。言わないであることが、沢山喉元に痞《つか》えていた。

今日は普段行かない人の集まる街に出て、郁と映画を観る約束をしていた。ここは優人の実家に近い。

二人きりの部屋でそれぞれに本を読んで、抱き合うことに、優人は限界を感じていた。酷く大切なもののように自分に触れる郁の目が、段々と見られなくなっていた。

だから今日は、渋る郁を映画に誘った。映画を観ている間は、郁を見ないで済む。

「……優人さん！」

いつものように、遅れてもいないのに郁は優人を見つけると駆けて来た。

走らなくていいと、優人ももう言わない。いくら言っても、郁は優人のところに走ってくる。

胸を、掻かれる思いが優人はした。

「すみません。昨日夜更かししちゃって」

「前期試験の準備？」

「そうじゃなくて」

息を整えて、郁が優人の隣に座る。

「小説、もう少しなんです。早く優人さんに、見せたくて」

「そしたら、締め切りにも間に合うな。楽しみだよ。本に載ったらみんな読むし」

もう少しという郁に、優人は驚いた。閉じられるのだろうか。郁の満たされない物語は。

けれど、沢山の人のために郁が書くことを始められたら、それが罪滅ぼしになるだろうかと、
優人は「罪」という言葉を無意識に心の中で使った。

それまでにしようか。これ以上はもう、自分の方がもたない気がした。

「優人さんが読んでくれたら、それでいいんです。俺」

迷わない瞳が、優人を見つめる。

罪という言葉が、優人の中でなお濃くなった。

「なんか飲む物買って、映画観よう」

「優人さん、俺、原作読んできたんです」

立ち上がろうとした優人を、郁が引き留める。

「主人公が、教師なんですけど」

「うん？」

不意に、蕩々《とうとう》と郁が、観ようとしていた映画の内容を語り始めた。

何故、郁がそれを話すのだろうと不思議に思いながら、優人が大人しく相槌を打つ。

「で、最後は皆殺しです。終わり」

「え？　おまえそれ、ネタバレじゃない？　映画観る意味なくなるだろ！」

突然結末を言った郁に、怒って優人は声を上げた。

「あはは、嘘ですよ。これは俺の想像。でも原作読んだのは本当です。うちにあるから、行きましょうよ」

らしくなくふざけて、郁が映画を観ることを拒む。

「いいじゃない。たまには映画も」

「だって、やっと優人さんに会えたのに。二時間も黙ってスクリーンの方向いてるなんて、俺やだ」

子どものような言い方で、郁が映画を嫌がる理由を告げた。

「優人さんの顔見て、声聞いて、一緒にいたいです」

自分が郁を映画に誘った理由を、優人が思い出す。

真逆の言葉をくれる郁を、優人は、不意に、堪らなく愛しいと思った。

いや、思ったのは不意にではない。

本当は、そんな郁と、優人も時を過ごしたい。郁の顔を見て郁の声を聞いて、本の頁を捲る音や紙の匂いを感じていたい。

いつからか優人は、郁との時間を強く好いていた。

そうしても、許されるだろうか。

指はなおも痛むけれど、痛みに耐えながらそれでも郁といても、許されるだろうか。

「……優人?」

帰ろうかと、優人が口にしそうになった瞬間、男の声が優人の名前を呼び掛けた。

何処か懐かしいようで、聞き覚えがないようにも感じられる大人の男の声に、優人が振り返る。

「広大《こうだい》……」

自分が知っているより声も姿も随分大人びてしまった青年を、けれど優人は見間違わなかっ

た。


「やっぱり、優人だ。変わんないなあ、おまえ。久しぶり」

高いところにある瞳を細めて、藤枝《ふじえだ》広大が、優人を見つめる。

広大は優人の、中学の同級生だった。

覚えず立ち上がった優人に、郁が、広大に小さく頭を下げる。

少し長く郁を見つめて、広大は穏やかに笑った。

「あれ、俺の連れ」

少し離れたところに立っている青年を、広大が指す。

大人しそうな青年は、優人の視線に気づいて挨拶のように微笑んだ。

大きく息を、優人は飲んだ。心臓が掴まれたように、痛む。どうしたらいいのかわからず、笑顔は返せなかった。

「……その子、おまえの？」

小声で郁のことを問われて、酷く喉が渇いたまま優人がようよう、頷く。

「良かった。ちゃんといるんだな、彼氏。なんか安心した」

なんの虚勢もない声で、広大は言った。

「おまえの彼氏に目茶苦茶睨《にら》まれてるから、行くよ。俺」

声も立てられずにいる優人に苦笑して、小声で言って広大が手を振る。

少年の頃とは変わってしまった背を、優人は見つめた。

追わない方がいい。聞かない方がいい。

言い聞かせても足が無意識に動いて、優人はロビーの真ん中で、広大の腕を摑んで止めた。

「……どうした？」

驚いた様子で、広大が振り返る。

「連れって……恋人ってこと？」

掠れた声で、優人は尋ねた。

「そうだよ」

自分を待っている青年をちらと見て、広大が肩を竦める。

「広大、ずっと恋人、男なの？」

「今更、何言ってんだよ」

困ったように広大は、優人の問いに肩を竦めた。

広大は、中学時代の優人の、親友だった。

そして、ほんの一時期、恋人でもあった。

自分が同性にしか恋ができないと気づいていた優人は、やさしかった広大を好きになったけれど、振り向いてもらえるとは思いもしなかった。広大の部屋で音楽を聞いているときに唇を重ねられたときは、奇跡だと思った。

今思えば幼かったけれど、求められて肌も合わせた。ぎこちなくそれでも信じがたいほどやさしく、広大は優人を抱いてくれた。

郁のように。

「だったらなんで俺、振られたの？」

けれど決して、広大とのことは優人には穏やかな思い出ではない。

今も変わらないと広大は言ったけれど、その頃の優人は男としては未分化な容姿のままでいた。自分の嗜好《しこう》は知っていたけれど、知らない男に触れられるのは嫌だったし、自然に広大に恋をした。

思いもかけず広大が口づけてきたとき、優人は、悟られないように気をつけていたけれど、知らぬ間に自分が秋波を送っていたのだろうと思った。だから広大が、自分の女性めいた部分に興味を持ったのだと思い込んだ。行為がエスカレートするのは怖かったけれど、優人は抗《あらが》わずに受け入れた。好きな人が触れてくれる希有な時間は、一時的なことだ。やがて広大は女を抱くのだから、触れてくれる今は好きにさせようと、思った。

案の定別れは、程なく広大から切り出された。

恋人から親友に戻ることはできずに、二人は疎遠になった。

過去を辿《たど》る優人のまなざしを、広大は見つめている。

言おうかどうしようか広大の唇が迷うのを見て、やはり聞くべきではないと優人は踵を返そうとした。

「いいよ、そのうちそう言うだろうと思ってた」

けれど、広大の声が、抑揚のない音で言葉を綴る。

「俺が別れようかって言ったときに、おまえが笑って言った言葉」

覚えてる？　と、広大は苦笑した。

身動きもできずに、優人は確かにいつか自分が言ったその台詞《せりふ》を、聞いていた。

「おまえ、いっときのことだと思って、俺に好きにさせてただけだろ？」

当時のことをそのまま、広大が口にする。

「俺、おまえが好きだったから耐えられなかった」

「なんで……」

それが知れていたのかと、わからずに優人は震えた。

「ガキだったけど、抱いたらわかるよ。おまえは耐えてて、俺は施されてた」

困ったように、広大が息を吐く。

「別れようかって言ったら、おまえは最初からわかってたみたいに笑って」

そのときのことに広大の思考が帰るのが、優人にもわかった。そうして広大が、今このときだけではなく幾度となくその優人を思い返しているのが知れて、愕然《がくぜん》とする。

「大好きだった人が、初めての恋人で、初めてのキスも初めて寝たのも好きな人で」

独り言のように広大は、遠くを見たまま言った。

「なのに、俺、立ち直れなかったしばらく」

長く、初めての恋が広大を打ちのめしたことは、聞かずとも優人に教えられていた。

「ごめん。今更、責めるつもりで声掛けたんじゃないんだ。ただ、懐かしくて」

ふと、今に戻って、広大が優人を見つめる。

「本当におまえが好きだったから、ずっとそれ、言いたかったんだと思う」

言葉の意味を理解することを優人は拒んだけれど、言葉以上に広大の忘れられない思いが注ぎ込まれた。

「俺、本当におまえが好きだった。最初に好きになった人だ。今でもおまえを好きだったほどには、誰も好きになれない」

好きだったよと、広大が繰り返す。

「おまえ、知らなかっただろ?」

ごめんなと、もう一度言って、少年の頃のようにやさしく笑って広大は優人に背を向けた。

「……待って」

掠れた声が、優人の唇からこぼれ落ちる。

自分も本当は好きだった。だけど広大が自分を好きだなんて少しも知らなかった。

愚か過ぎて、そんなことを優人は言葉にできなかった。

立ち尽くして、広大が今の恋人と歩いて行くのを優人はいつまでも見ていた。優人は足に力が入らなくて、歩き出すことができない。

「……大丈夫ですか」

不意に、優人は肩を郁に触れられた。

「何が」

「すごく、顔色悪い。あの人に何か言われたの?」

去って行った広大を咎めるように郁が見るのに、首を振るのが優人はやっとだった。

「……なんか、連れの人、優人さんと感じが似てましたね」

焦れた思いのままずっとベンチから優人と広大を見ていた郁が、同じように二人を見ていた青年のことを口にする。

「……っ……」

叫び出しそうになるのを、唇を押さえて優人は堪えた。

誰かに傷つけられたことがあるのかと、自分に訊いた郁の言葉が優人の胸に返る。

傷つけられたのではない。己の浅はかさで、優人は大切な人をこれ以上なく残酷に傷つけた。

本当は、別れに頷いたときにそのことには気づいていた。明らかに広大は、優人の答えに絶望していた。けれど優人はそんなはずはないと、時折鮮烈に思い返す広大のその表情から目を背け続けて、自分の罪に蓋をしてきた。思い出を振り返らない癖がついた。

広大がそうだったように、誰も自分のところに長居はしないと、知ったような気持ちで侮っていた。そして、誰のこともそう扱った。

それが初恋が自分にしたことだと、広大の思いを優人は侮辱《ぶじょく》して生きていたのだ。

「帰りましょう」

不意に、郁が優人の手を摑んだ。

歩き出す郁に、蹌踉《よろ》ける足で優人が連れられる。

「なんで」

声にならない声で、優人は下を向いたまま郁に訊いた。

「泣いてるから。優人さん」

告げられて優人が、シャツが濡れるわけに気づく。

「俺」

一人にしてくれと、優人は言おうとした。

けれど今一人になるのは耐えられない。

「……っ……」

強く郁の手に縋ると、地下鉄に降りる階段の下で、郁は何も構わず優人を掻き抱いた。

許してと、時折、掠《かす》れた声で優人《ゆうと》は無意識に言った気がした。

その度に郁《かおる》が、大丈夫だからと優人に囁《ささや》いたのは、多分夢ではない。

どうやって辿《たど》り着いたのかわからない郁の部屋で、堰《せき》を切ったように溢《あふ》れる感情のままただ、優人は泣きじゃくって朝を迎えた。

訳を尋ねたのは最初だけで、後は郁は優人に何も問わずに抱いていてくれた。

何か呟《つぶや》けば全て優人を肯定して、涙に口づけて背を撫《な》でて、慰めだけを一晩中郁はくれた。

「……ん……」

カーテンの薄い郁の部屋で、そうして自分たちが服もそのままで抱き合って夜を明かしたことに、優人が気づく。

昨日の広大《こうだい》との再会が、否応なくまた胸に返った。

無意識に郁の手が、優人を抱く。

ずっとそうしていてくれた郁の自分への愛情を、優人は食《は》み返した。

郁はそうして、人に分ける愛情をちゃんと持っている。郁はきれいだ。

そんな郁を、自分も愛していると、優人は不意に思い知った。

いつからかはわからない。目の前の郁が、愛しい。

愛する、大切にする、ずっとそばにいたいという、自分が適当に流し続けてきた気持ちは、こういう思いなのだと初めてちゃんと優人は思い知った。

郁の頬《ほお》に、怖《お》ず怖ずと優人が指を伸ばす。

「……優人、さん？　大丈夫？」

ずっと、優人を気に掛けて浅い眠りの中にいたのか、触れられて郁はすぐに目を覚ました。

「大丈夫？」

酷《ひど》く心配そうに郁が、髪を抱いて優人を見つめる。愛しかないまなざしで。

最初から、郁は優人をそんな目をして抱いた。

それがどれだけの思いだったのか、やっと、優人が理解する。今自分が、愛するということをはっきりと覚えたので。同じ思いを、今更知ったので。

なのに自分は、なんという粗末な思いで郁に触れていたのだろうと、優人は愕然《がくぜん》とした。

「喉《のど》、渇いたでしょう？」

気遣ってゆっくりと優人を抱く腕を解き、郁が台所の小さな冷蔵庫を開ける。

「ごめんなさい。水しかないけど」

ミネラルウォーターのキャップを開けて、郁は優人に渡した。

ぼんやりと、優人は郁を見ていた。

身動きもしない優人を思いやる掌《てのひら》が頬を撫《な》で、郁は水を取ると口に含んで優人に口づけた。

冷えた水が、優人の口の中を潤す。自分が渇き果てていることに気づいて、優人は郁からもう一度水を受け取ると、ゆっくりと飲んだ。

「良かった」

それだけのことで郁が、少し安堵《あんど》して微笑《ほほえ》む。

ここからやり直せないだろうか。

そのまなざしを見つめて、一瞬、優人はそう思った。

途端、指が酷く痛む。

このまま、口を噤《つぐ》んで姫のように上着を編み続けても、優人に掛けられた魔法は解けない。それは魔女が掛けた呪《のろ》いではなく、優人が自分でしたことなのだから。上着を編み上げられる日は来ず、一生、大きな嘘《うそ》を秘したままでいなければならない。

一生などと優人は、今まで考えことはなかった。いつもその場凌《しの》ぎの嘘で、上手くそのときそのときを、取り繕ってきたつもりだった。

上手くと、まだ心の中で思った自分に優人は呆《あき》れ果てた。

それはきっと、広大のような憐《あわ》れみと傷の上に、成り立ってきた長く愚かしい時間なのだ。

もう一口優人は、水を飲んだ。

注がれる瞳と同じで、それは郁のやさしさに間違いはなくて、優人が郁に水を突き返す。

「……優人さん？」

不意に、全身で郁を拒んだ優人に、郁は気づいた。

「もう、おまえとはいられない」

首を振って、優人が立ち上がる。

「待って、優人さん。どうしたの？　何があったんですか、あのとき」

昨日の、広大のことを否応なく郁は尋ねた。

振り切って玄関に、優人が走る。

「ついてくるな！」

悲鳴のように、優人は叫んだ。

その声は充分に郁を傷つけて、郁がその場に立ち尽くす。

もう郁を振り返ることはできなくて、優人は部屋を飛び出した。


夏の匂う日曜日の朝の日差しは、泣き腫《は》らした優人の瞳を容赦なく焼いた。

何処《どこ》へともなく、優人は駆けた。

今までの自分の愚かさや残酷さ、浅はかさや汚さを、俄《にわか》に認めることは難しかった。

郁のようにきれいな愛を持っている人間は、郁なりの人生を歩けばいい。そこに自分が、関わることはない。

粗末な、愛とも呼べないものしか持たない自分は、自分らしい時間を生きるだけだ。誰の手元にも何も残さず、自分の手元にも何も残さず。

そうすればいいと思う端から、郁の顔、広大の顔が思い浮かんだ。

確かに自分の手元に、彼らの思いは残っている。思わないようにしてもそれがあったから、優人は自分の貧しい気持ちを教えずにイラクサを編んで嘘を吐いていたのかもしれない。

これからもずっと、このままなのだろうか。

「……健《たける》さん」

ふと、健の名前が優人の口をついた。

健といるのは、楽だった。健ならきっと、この粗末なままの自分といてくれる。愚かしさを、笑ってくれる。

無意識に足が、健の自宅に向かった。

電話を掛けて健の今居る場所を尋ねる頭など、残っていない。それにさっきから電話はずっと優人の上着のポケットで、着信を教えて震えていた。

ディスプレイに郁の名前を見るのも、優人はもう耐えられなかった。

電車を乗り継いで健のマンションのある駅へ、辿り着く。訪ねるにはまだ非常識に早い時間なのに優人は、何も考えられずにインターフォンを鳴らした。

『……どちらさまですか?』

随分たって健の、眠そうな声が聞こえる。

「健さん、開けて」

それだけを、優人は告げた。

程なく健の部屋の、重いドアが開く。

「どうしたの、優人。こんな早く」

部屋着の健は、特に驚いたようでもない声を聞かせた。

「中、入れて」

「ああ」

部屋に上げられて優人が、立っていられずに健にしがみつく。

「なんか……知らないけど、ボロボロになって俺のとこ？　俺って目茶苦茶都合のいい男だな」

ふざけて笑いながらそれでも、健は優人を抱いた。

「まあ、実際都合のいい男だけどね」

戯《おど》けたまま、どうしたと、健は訊《き》かない。

まるで郁にされたように背を撫でられて、優人は咄嗟《とっさ》に健の胸を押し返した。

「……そう、思ってた俺、健さんのこと。そうだよね？　健さん。違わないよね？」

この上、健にまで幾何《いくばく》かの思いがあったと言われては、優人は堪《たま》らない。

「俺たち、適当なつきあいだったよね？　だって健さん一度も、俺のこと好きだって言わなかった……っ」

問い詰めて優人は、ヒステリックに声を上げた。

「だっておまえ、言って欲しくなさそうだったから」

さっきまで横たわっていたのだろうベッドに、健が腰を降ろす。

「俺、人に合わせるタイプなの。おまえに合わせて、適当で都合のいい男を頑張ってました」

少しふざけた口調で、健は肩を竦《すく》めた。

「なんてね、まあマジで適当なところあるから俺。まるきり合わせてたわけじゃないけど」

「俺のことなんか……好きじゃなかったでしょう？」

縋《すが》るように、優人が健に問う。

「今も好きだよ」

冗談とも、本気とも取れない口調で、健は笑った。

「なんで」

呆然《ぼうぜん》と、優人の言葉が途切れる。

「おまえだって、最初は俺のこと好きだっただろ？」

「え……？」

思い掛けないことを、いつもと変わらない抑揚で問われて優人は酷く惑った。

「見てたじゃない、俺のこと」

「それは、健さんかっこいいから」

拙《つたな》い言い訳を、優人が口にする。

「最初はちゃんと、好きだっただろ?」

ふと、似合わない真摯《しんし》さで、健はもう一度訊いた。

出会った頃、健を見ていた気持ちを優人が手元に呼び戻す。健は目立ったけれど、優人の目についたのは意外な面倒見の良さや、鷹揚《おうよう》さだった。

「……うん」

頷《うなず》くほかなくて、優人が声を返す。

「だから、抱いた」

あっさりと健は、二人の間にあったものを明かした。

「でもおまえ、なんでもないことみたいに。いつでも、なかったことにできるみたいに。別れる準備ならありますみたいなさ、そういう顔して」

それを知る健がどんな気持ちでいたのか、優人に量ることはできない。

「おまえが臆病だったから」

浅はかさを見透かしていたことを、健は教えた。

「しょうがないと思ってた」

「……なんで、一緒にいてくれたの」

そんな愛情を掛けられていたことを今知るのはただ辛《つら》くて、優人の声が細る。

「おまえが変わればいいと思ってたけど、俺にはどうやってもおまえを安心はさせられなかったんだろ？　だから、それはあきらめたよ」

もう思いは過去のことだと、健は告げた。

「だけどおまえがかわいそうだから、一緒にいた」

そして、優人の問い掛けの答えを、口にする。

「……そのぐらいが、丁度いい。憐れんでくれた方が、いい」

こんな自分を愛してくれるよりはと、声にはできなくて優人は健の膝《ひざ》に縋った。

それでもなお何があったと、健は訊かない。もしかしたら容易に、想像はついているのかもしれない。

「健さん」

健の部屋着を、優人は強く摑《つか》んだ。

「抱いて」

望む声が、上ずる。

「目茶苦茶にして。愛情なんか、一欠片《かけら》もいらない。酷くして」

忘れさせてと、最後に優人は健に懇願した。

躊躇《ためら》わず健の指が、優人の髪を撫でる。

「だったらシャワー、浴びておいで。他の男の匂いがするのは、楽しくないよ」

優人の上着を、健は脱がせた。

促されるまま優人は、まだよく覚えている健の部屋のバスルームに行った。

無造作に裸になって、シャワーを浴びる。何かスイッチを入れ忘れて、水が優人の肌を打った。

冷たいけれど、何も感じられない。

それでも冴える瞳に郁の顔が、繰り返し映った。

「……っ……」

水を浴びながら優人が、首を振ってもう郁のことを打ち消そうとする。

最後に郁は、泣いているような目をして優人を見た。

本当はこのまま走って郁のところに戻りたい。そうだ、いつも郁がそうして自分のところに駆けて来たように、優人も郁のところに行って抱きしめたい。

そんな資格は、何処にもない。あのやさしい愛撫《あいぶ》に等しいものを自分は何も、郁にやれていない。

随分長いこと優人は、水を浴びていた。

脱衣所に、部屋着が置かれる気配がした。

ずっと冷たい水に打たれていたかったけれど、バスルームを出る。適当に体を拭《ぬぐ》って、優人は健が取って置いてくれたのだろう自分用の部屋着を着込んだ。

無言で、バスルームから部屋に戻る。

ソファに健は座っていて、その隣に優人は腰を降ろした。

健は窓の外を、眺めたままでいる。

「これ以上まだ、自分を傷つけるつもり？」

ふと優人を振り返って、健は訊いた。

不意に、健の部屋のインターフォンが鳴る。繰り返しそれは押されて、優人は呆然と玄関の方を振り返った。

「はいはい」

軽く返事をして、健が出て行く。

内鍵《かぎ》を健が開けると、大きな音をたてて扉が開くのが優人にもわかった。よく知っている声が、健を咎《とが》めて響く。

「まだ何もしてないよ。自分で確かめな」

呆《あき》れたように言って、健は郁を部屋の中に招き入れた。

「優人さん……っ」

いつものように優人のところに駆けて、郁が髪から水を滴らせている優人の両肩を抱く。

「……なんで」

何故郁がここに来たのかと、優人は呟いた。

「ずっと着信してて、うるさかったから出て、ここ教えた」

上着のポケットから取り出された優人の携帯を、悪びれもせず健が指差す。

「優人は罰が欲しいんだろうけど、俺そんな大層な人間じゃないからさ」

そう言い捨てて、健は部屋を出て行ってしまった。

家主の消えた部屋が、一瞬、静まる。

名前を呼んだきり郁は、言葉が見つからないのかただ、優人を見ていた。

「優人さん……どうして」

濡《ぬ》れた髪に、郁が触れる。

「やっぱり、健さんの方がいいんですか？　待ってて、優人さん。俺もすぐ大人になるから。健さんみたいにちゃんとした人間になるから、だからもう少し待って……っ」

涙声で、郁は優人を掻《か》き抱いて乞うた。

息を、優人は飲んだ。なんていうことを郁に言わせているのかと、やり切れなく胸が裂かれる。

「おまえは何も変わる必要なんかない！」

両手で郁を押し返して、闇雲に、優人は叫んだ。

「最低なのは俺なんだよっ。俺は……っ」

それを郁に打ち明けるのを、一瞬だけ優人が躊躇う。

「最初におまえと寝たときも、おまえの名前を呼んでたときも、おまえを愛してなんかなかった」

どれだけ、その言葉が郁を傷つけるだろう。

必死で編んでいた優人の血まみれの上着は、見る間に枯れて四散した。

「おまえの名前の意味調べたのも、おまえに構ったのも、おまえのためなんかじゃない。サークルの連中への体面だよ」

本当は、それだけではなかったと、今更優人が気づく。

佳美《よしみ》が言っていたような、郁の持つ等しさの美しさに、いつからか惹《ひ》かれていた。本当は郁のことを、優人は今愛している。

その郁を愛している優人と、郁が最初に愛した優人は、同じ心の持ち主ではない。

「……なんで、そんな嘘」

強ばった笑顔で、郁は信じようとしなかった。

「おまえの言う、等しさなんか何処にもなかった。俺はおまえを自分と等しく扱ったことなんかないよ。いつだって思い通りにできるって、高を括《くく》って」

「……優人さん……?」

嘘だと、言おうとして郁が、泣く。

涙に、本当は優人は触れたかった。けれどこれこそが優人に与えられた罰だ。もう郁に触れることは叶《かな》わない。

自分が傷つかないために他人を愛さないことを、優人はずっとしてきた。

それでも、自分を守るために傷つけた大切な人の顔は心に残って、古い本が何度も開くように罪があることを教えようと強いた。

優人に傷つくまいとする心があったのと等しく、相手にも傷つく心があったのに、優人はそれを軽んじて生きて来てしまったのだ。

「一度も言ってないだろ？　おまえを好きだなんて」

泣くまいとして、優人の声が冷える。

「そういうこと、できちゃう人間なんだよ。俺」

郁に値しないとまで、優人は言わなかった。言ったら透けて見えてしまう。今確かにここに在る、郁への愛情が。

在ることを知ったら、郁は受け取ってしまうかもしれない。

言葉は何も、郁から返らなかった。

ゆっくりと自分に触れる郁の体温が、引いていくのを優人は感じた。

好きな人の指が、離れていく。

俯《うつむ》いて優人は、郁を見送らなかった。ただたどたどしい足音を、追う。

静かに玄関の扉が閉まるのを聞いて、優人は泣いた。


夏が始まっているのに、長く水を浴びたせいか優人は高熱を出した。

誰もいない、何もない部屋で一人でただ魘《うな》されて、幾日かが過ぎた。

眠りに墜ちる度に、郁の夢を見た。夢の中の郁は笑っていて、二人の間には何も嘘がなく、目覚める度、優人は現実との差異に絶望した。

辛《かろ》うじて冷蔵庫にあった水が尽きて、もう死ぬならそれも悪くないと熱に身を任せた頃、ふっと霧が晴れたように体が軽くなった。

ぼんやりと、優人はベッドの上で天井を見た。朝なのか昼なのか夕方なのか、時間もわからない。

ゆっくりと起き上がって、優人は部屋を見回した。

何もない。

誰の気配もしない。

そういう風に生きて来た。それが自分だ。よく知っている。

軋《きし》む体で立ち上がり、着信とメールを優人は見た。さすがに何日も姿を見せないと心配してくれる友人ぐらいはいて、いくつか安否を問うメールが入っていた。

その中に郁の履歴はない。

最後の水を、優人は飲んだ。何か買いに行かなくてはと思ったその瞬間、インターフォンが鳴った。

何も考えずに、足が、玄関に駆ける。

相手も確かめずに扉を開けると、そこには健が立っていた。

「……ハズレ。ごめん」

明らかな落胆を自分が見せたのかと呆れて、優人が首を振る。

「でも、湊《みなと》くんが俺のところに来たんだ。今朝」

「……え？」

思い掛けない言葉に、優人は声に詰まった。

「大学で見かけないから、様子見に行ってくれって。知恵熱でも出た？」

それを見越してか適当なものをコンビニで見繕ってきた袋を、健が見せる。

「……入って」

人と話したくて、優人は健を招き入れた。

「ものすごい痩《や》せたけど、本当に大丈夫なの？」

背を向けた優人のうなじを見て、健が呆れ半分心配げな声を聞かせる。

「鶏ガラみたいだよ」

「酷いな」

笑った健に、優人も笑った。

戯ける健はもう、いつも通りだ。以前と変わらずに接してくれる。

コップを二つ出して健の買って来たスポーツ飲料を、優人はそこに注いだ。

「打ち合わせって抜けてきたから、すぐ戻るよ。俺」

「今何時？」

「もう夕方」

答えた健に、「そう」と返して優人がコップの中身を飲む。

乾いた体を優人が潤すのを、ぼんやりと健は見ていた。

「あいつ」

ふと健が呟いたのが、郁を指していると優人に知れる。

「眩《まぶ》しいな」

本当に光の方を見るように、目を細めて健は言った。

「……うん」

頷くよりほか、優人にできることはない。

健から何も切り出さないのなら、伝言はないのだろう。優人もそれは望んでいない。さっき玄関に走ったのは、ただの衝動だ。

「よくわかんないけど、やり直してみたら?」

多分、わざとなのだろう気軽さを覗《のぞ》かせて、健は言った。

苦笑して、優人は何も言葉を返せない。

「それとも、約束通り俺たちがやり直そうか。その方が楽なら、俺はそれでもいいよ」

軽口をきいたようでいて、健は少し寂しげな声を聞かせた。

「……ごめん」

不意に、優人の口から謝罪が零《こぼ》れる。

「俺」

もう枯れたと思っていた涙が、またこぼれ落ちた。

「健さんの気持ちも、少しも考えなかった。本当にごめん」

ごめんと、優人がただ繰り返す。

その言葉を止めるためだけに、優人の髪に健は触れた。

「おまえはもう、前とは違うよ」

ゆるやかに髪を撫でて、健が指を引く。

「あの子に会って、変わった」

穏やかに健は、優人にそれを教えた。

「俺は、本当のこと言うと、優人が変われるとは思ってなかったから」

そして、コップには手をつけないまま、立ち上がる。

「健さん……」

「いい男は自分から振られるもんなの」

肩を竦めて、健は笑った。

静かに健が、優人の部屋を出て行く。

残された言葉を、優人は反芻《はんすう》した。

確かに、自分は変わったのかもしれない。けれどこの手でつけた傷は、もう取り返しがつかない。

それでも、決してこのままにはできないことがあると、郁のことを優人は思った。


まだ少しふらつく足で、優人は大学に行った。

時々、知った顔に、「どうしてた」と声を掛けられる。

バカだから夏風邪を引いたと、笑うこともできず優人はその度に答えた。まるきりの嘘ではない。熱を出したのは、自分が愚かだったからだ。

サークル棟の近くまで、優人は行った。

何か書類を手にして、向かいから平野《ひらの》が歩いて来るのが見えた。

「大丈夫ですか？　優人さん」

優人を見るなり、平野が顔を顰《しか》める。

「郁、サークル来てる？」

この数日で自分がどのくらい窶《やつ》れたかぐらいの自覚はあったが、答えず優人は平野に尋ねた。

小さく溜息《ためいき》を吐いて、平野が肩を竦める。

「ここ数日、ぱったり来てませんよ。書籍チームと大分やれてると、やっと思ってたんですけどね」

残念そうに平野が言うのに、優人は焦った。

「そんな簡単に、あきらめないでやって」

「優人さん」

踵《きびす》を返して郁を捜しに行こうとした優人を、ふと、平野が呼び止める。

「最初はただ意外でしたけど、湊のこと」

厭味《いやみ》のない声を、平野は聞かせた。

「今は羨《うらや》ましいですよ」

何を平野が言ったのかわからずに、優人がその場を離れる。

図書館へ、自然と優人の足は向いた。

もう、郁といられないことはわかっている。けれど、自分が傷つけたせいで郁が、元々持っていたはずの愛情や等しさを、完全に閉じてしまうのを見過ごすわけにはいかない。

焦りに、優人は足を縺《もつ》れさせた。

心と同じにきれいな名前を、きれいな瞳を、郁が優人と出会う前よりもっと憎んでいたら、二度と自分を許すことはできない。

ガラスの、自動になっている正面玄関を通り抜けて、優人は広い図書館のカウンター前で立ち尽くした。

文学の教授の本を、一緒に探す約束を果たしていないことを思い出す。

自分がそれを覚えていたことにふと驚いて、郁との時間が一つ一つ積み重ねられていたことを、優人は思い知った。

文学の評論書の棚を、本を探して歩く。

教授の名前の書かれた本が、まるで飾り気のない装丁で五冊、並んでいた。不自然に一冊分、空間が空いている。その隣の本を、優人は手に取った。

一人一人が使えるように仕切られた、明かりの灯るデスクが並ぶ閲覧エリアを眺める。

本を積んでレポート用紙を広げている者、頭を垂れて本を読む者、様々だ。

教授の本を手にしたまま、優人はデスクの横を通った。

背を屈《かが》めるように本を読んでいる、暗いまなざしをした青年を見つけるのに、時間は掛からなかった。

「郁」

それでもきれいなままの横顔に、優人が呼び掛ける。

困惑したように顔を上げた郁は、優人からすぐに目を逸《そ》らした。

郁が閉じた本は、一冊抜けていた高倉《たかくら》教授の本に間違いはなかった。

「ごめんな。一緒に探すって、言ったのに。俺」

「……もう、俺の名前呼ばないでもらえますか」

優人がデスクに置いたもう一冊の本を、郁は見ない。

「うん」

掠れた声で、優人は頷いた。

「健さんのとこに行ってくれたんだって?」

「三倉《みくら》先輩の仕事だと思っただけです」

「名前、俺もう呼ばないけど。でも」

とりつく島のない郁に、それでもあきらめず優人が言葉を重ねる。

「誰かには、呼ばせて」

「サークルも、もう辞めるつもりです。部長には自分で言いますから」

「駄目だよ」

顔を逸らしたまま言った郁を、優人が遮《さえぎ》る。

「もうあなたには関係ない」

「俺みたいな人間が、おまえに関わって本当に悪かった。本当にごめん」

感情を押し殺した声で郁が言うのに、優人は畳み掛けるように告げた。

「でもおまえは違うから」

聞いてくれと、乞うように優人の声が上ずる。

「ちゃんと、きれいな愛情、持ってる。他人に等しく触れられる。おまえは本当はそういうやつで、俺とは違っておまえはそれができるんだから」

「わかったようなこと、言わないでください」

「わかってるよ！」

触れることも叶わないまま、それでもどうしても郁に言葉を届けなくてはと、場所も考えず優人は叫んだ。

静まり返っていた閲覧エリアの学生たちが、優人を見る。

「俺、それだけはよくわかってる。誰よりもおまえのこと知ってる。無理に人に合わせることなんかない。でも」

郁、と、名前を呼びそうになりながら、見られるのも構わず優人は続けた。

「人と、関われ。サークル辞めるなよ」

「部長に何か言われたんですか?」

「そうじゃないよ。俺みたいな人間でも、他人がいてくれたからなんとかやってこれた。おまえなら尚更だよ。人と交われ」

何度でも郁の名前が喉元《のど》に上がって、その度に優人が飲み込む。

聞かずに、郁は席を立った。本棚に教授の本を返しに行く郁に、優人の心が挫《くじ》けてしまいそうになる。

けれどこれだけはどうしてもあきらめては駄目なのだと、優人は図書館を出て行く郁を必死で追った。

「待って!」

ガラスの扉を出て行く郁を、名前で呼び止めることができない。

「もう、俺サークル顔出さないから。おまえは辞めるなよ。おまえのことわかってくれるやつ、必ずいるから。俺、もっとみんなにおまえをわかってもらいたい。おまえは……っ」

早足になる郁を追う、病み上がりの優人の息が上がった。

「すごく、きれいだから」

それでも言葉は、懸命に郁の背を追いかける。

「一つだけ、俺の頼み聞いて」

頑《かたく》なな後ろ姿に、優人は懇願した。

「あの小説、書き上げて」

ほんの少し、郁が立ち止まる。

「あれ、おまえの話だろ？　もう終わらせろよ。終わらせて、図々しいけどあれだけ俺にくれ。な？」

絶対に優人を見ようとはせず、また歩き出してしまう。

「何度でも読むから、俺」

泣くような優人の声が、郁に縋った。

「何度でもおまえのこと、思い返すから！　だからもう、あの物語は終わらせな？」

名前を、優人は叫びたかった。

いつまでも優人は、郁を見ていた。

いつまでも郁は、俯《うつむ》いていた。

行ってしまう郁の、伏せられた睫《まつげ》が震えてわずかに自分を見ようとするのが、最後に優人の瞳に映った。

内定の決まっていた出版社に、優人は頭を下げて断りに行った。大手だけれど雑誌が中心のその出版社は、書籍部門が弱い。

何度も読み返す、誰かの手元に残る、思いを呼び起こす、せめてそういう本を作ろうと優人は決めた。

内定を取り下げてもらい苦い顔で叱《しか》りつけられた足で、手元にある本の出版社を片端から巡った。今から新しい内定を取るのは至難の業だとすぐに気づいて、バイトとして優人は、ある小さな出版社に入り込んだ。

バイトから始めてもいいと思えた。雑用をしながら仕事を覚えて経験を積めば、いつか本が作れるかもしれない。

その出版社は、大学の中庭で郁と二人で読んだ、「白鳥の王子」を出版している会社だった。業界的にもいい状況ではないし何も約束はできないけれど、それでもいいのかと面接で釘を刺された。甘くは、優人も考えていない。

それでも、目まぐるしい雑務に追われるのは、ありがたかった。

自分という人間、郁とのことを、忘れようとはもう思わなかったけれど、四六時中思っているのは辛い。

今日は、アンケート葉書の集計を、優人は会議室で一人でしていた。空欄に感想が書かれていれば、一つ一つ丁寧に読んで纏《まと》めた。たまに子どもの拙い字を見かけたりすると自然と顔が綻《ほころ》んで、笑うのを忘れていたと思い出させられる。

不意に、会議室のドアが二度、叩《たた》かれた。

何か仕事かと思って立ち上がると、スーツ姿の健が、以前と何も変わらない気軽さで立っている。

「……健さん」

「編集部で、ここだって聞いたから」

缶コーヒーを一つ、健は優人に投げた。

「どうしたの？」

「雑誌で、児童書の特集するから。許可と書影貰《もら》いに来たんだよ。どうぞお仕事続けて」

自分の分のコーヒーを開けて、健が優人の向かっていた机を覗き込む。

言われて、優人は苦笑して椅子《いす》に座った。

半分は嘘を、健が自分に言ったのはわかっている。許可を貰うのも書影をやり取りするのも、足を運ばずに済む仕事だ。「カレッジプラス」を作っているときは、電話とメールでやり取りをした。

優人の様子を見に、健は寄ってくれたのだろう。

「それにしてもうちの内定蹴《け》るとはね。強気だな、おまえ」

口にするのは、憎まれ口だとしても。

「でも今のおまえ、悪くないよ。優人」

整理された葉書を見つめて、それから健は優人に笑った。

黙って、二人でただコーヒーを飲む。

「健さん」

飲み終えてそのまま行ってしまいそうに見えた健を、優人は呼び止めた。

「愛してくれたこと、あったね」

どれだけの人の思いを疎《おろそ》かにしてきたのだろうと、改めて優人が悔やむ。

「ありがとう」

今、健に告げられる精一杯の言葉を、優人は伝えた。

困ったような顔をして、健がくしゃりと、優人の髪を撫でる。

「野郎に触るのは、これが最後にしとくよ」

「……え?」

意味がすぐに取れずに、優人は尋ね返した。

「言っただろ? おまえそういうところあるって。たぶらかされた」

冗談めかした声で笑って、健が優人を離れる。

「いつも、寂しそうに見えた。そういうのに弱いんだよ、俺」

背を見せたままあくまでふざけて呟いて、手を振った健がドアの向こうに消えるのを、優人はもう言葉も見つからずに見送った。


前期試験が終わって、大学は夏休みに入ろうとしていた。

優人も最後の試験を終わって、図書館の横を通った。郁はここにいるのだろうか、どうしているのだろうかと気に掛かったが、この間騒いだ手前入館はしづらい。

ぼんやりと図書館を眺めていると、不意に、そこから出て来た佳美に優人は声を掛けられた。

「優人さん」

「……久しぶり」

「最近、全然サークル顔出さないでどうしたんですか？　みんな寂しがってますよ」

全く邪気なく、佳美に問われる。

「俺内定辞退して、今バイトしてるんだ。小さな出版社で」

嘘を吐く気にはなれず、優人はさらりと近況を明かした。

不思議そうに、佳美が優人のことを無言で見つめる。

「それって、郁くんのこととなんか関係ある?」

「……え?」

不意に、郁の話をされたことと、佳美が郁の名前を呼んだことに、優人は驚いて息を飲んだ。

「どういうこと? ……あいつ、どうしてる?」

「今日もサークル来てますよ。ただ、なんだか郁くん少し変わったから」

世間話のようにではなく、佳美が丁寧に、郁のことを優人に教える。

「優人さん、ちょっと部室顔出して。自分で確かめてみたらいいじゃない」

少し強引に、佳美は優人を誘った。

もう、サークルには顔を出さないと、優人は郁に約束している。

けれど、郁がどんな風に以前と違うと言うのか、優人は佳美の言う通りそれを確かめずにはいられなかった。

夏の風が吹く構内を、佳美と無言で歩く。

言葉にはできないことが優人に起こっているのを、佳美は漠然と感じているようだった。

「……やっぱり、俺」

サークル棟まで来て、優人は足が竦んだ。

もし、自分が顔を見せたことで郁の状況がまた変わったらと思うと、それが怖い。

「大丈夫ですよ」

心を読んだ訳ではないだろうに、何に対してか佳美は微笑んだ。

佳美が部室のドアを開けて、中には入らず優人は郁を探した。

窓際の椅子に、郁は座っていた。以前と、特に違うところは、優人にすぐには見つけられない。

「郁」

上山《かみやま》が、ふと郁の名前を呼んだ。

「何処だっけ？　選集から紹介しようって言ってたとこ」

「十一巻です」

「でもそれ、ピンポイント過ぎない？」

答えた郁に、友野《ともの》が口を挟《はさ》む。

郁、と、何度か会話の中で名前が呼ばれるのを、不思議な気持ちで優人は聞いていた。

名前を呼ばせて、郁は他人と、言葉をちゃんと交わしている。以前と何もかもが違うわけではないけれど、明らかに前よりは人のそばに、郁は居た。

「……ね？　大丈夫でしょう？」

その光景を見つめて立ち止まっている優人に、溜息のように佳美が笑う。

「ああ……ありがとう、松田《まつだ》さん」

「私は何もお礼を言われることなんか」

呼び止めてくれた佳美に礼を言って、優人は部室を立ち去ろうとした。

ふっと、郁の瞳が入り口の優人を捉《とら》える。

「じゃあ、また」

佳美に言い置いて、慌てて優人はサークル棟を離れようとした。

「寄らないんですか？」

佳美の声が、優人の背に問う。

手を振って、暗い廊下を、足早に優人は歩いた。

けれど、自分を追って来る足音があるように、耳に響く。

「……あの」

躊躇いがちに掛けられた声が、郁のものだということは優人にはすぐにわかった。足音を聞いたときから、郁なのかもしれないと、思っていた。

「ごめん、ちょっと寄っただけなんだ。本当にもう、顔出さないから」

背を向けたまま優人が、郁に謝る。

そこに、郁がいるのはわかっても、振り向くことは優人にはできなかった。

「みんな、おまえの名前呼んでるんだな」

ただ、確かめるためだけに、優人は言った。

長い沈黙が、廊下に降りる。サークル棟のそばの欅《けやき》から、蝉《せみ》の声が高く響いた。

「もう、いいかと思って」

ぽつりと、郁が呟く。

何故《なぜ》、郁がもういいと思ったのかは、優人にはわからない。ただ安堵が、胸に大きく触れていった。

「良かった」

心からの声が、優人の唇から漏《も》れる。

もう、顔を見ないで行こうとしたら郁が不意に、優人の隣に立った。

「渡したいものがあるんです」

間近で声を聞かされて、優人が自然と郁を見上げてしまう。

「一緒に、来てくれませんか」

想像していたのとはまるで違う瞳で郁は、優人を見つめていた。


「送ろうかと思ったんですけど、俺、優人さんの住所知らないって気がついて」

郁に連れられて優人は、今はもう懐かしく感じられる、郁の部屋にいた。

前のように本に囲まれて座って、落ち着かなく、優人が増えている本を眺める。

「これ」

大きな封筒を、郁は優人に手渡した。

「……小説？」

重みに、惑って優人が郁に尋ねる。

「書き上げました」

告げられて優人は、封筒の中身を取り出した。前の倍はある原稿用紙に、郁の字が連なっている。

「今、読んでいい？」

「持って帰ってください。それは、差し上げます」

郁の声は、冷たくも響いた。

「もう、その物語は終わりです」

「……そうか」

約束を終わらせて、自分とのことを完全に郁は閉じたのだと、優人が知る。

「貰うよ。ありがとう」

呟く優人の声が、細った。

「本当に、ありがとうな」

何も言わず郁が自分を見ているのがふと耐え難くなって、優人が苦笑する。許された訳ではない。郁が自分を、許す訳がない。

「もう、行くよ」

言い置いて優人は、玄関に向かった。

郁はその場を、動かない。

それで当たり前だと、優人は部屋を出た。


夕方の、アスファルトの埃《ほこり》が匂う道を、大切に封筒を抱えて優人は歩いた。

どんな風に物語が終わっているか、気になって足が進まない。

駅に向かう途中に公園を見つけて、夕方のベンチに優人は腰掛けた。

丁寧に、原稿用紙を封筒から取り出す。

頭から優人は、先を急く心を堪えて、ゆっくりと物語を読んだ。

蜩《ひぐらし》が鳴くのも、気にならなかった。

長い物語を読むのに、時間が掛かる。夏の長い日が、少しずつ傾く。

主人公の旅は終わらないものだと、優人は思っていた。人と関われず煩悶《はんもん》しながら、ずっと続くものだと疑っていなかった。

読み終わる頃、涙が零れて、優人は口元を押さえた。

立ち止まり、人の手を取って、それから、主人公はもう旅ではなく歩き出している。

郁の世界は、変わらないようでいて不意に、何かに満たされていた。行き止まっていた愛情が、通うのがわかる。足りていなかったものが、そこには在った。

何故なのかわからないけれど、郁はきっともう、大丈夫だ。

完全に読み終えて優人は、涙を拭った。

何か、郁の中で痞《つか》えていたことが一つ降りた。

そこにもう、自分はいない方がいい。

日暮れを感じてなお夏を謳歌《おうか》する蟬の声を聞きながら、それでも、郁が駆けてくる足音を何処かで待っている己に、優人は気づいた。

何故なのか郁は、人と交わる最初の扉を閉じることを、自ずから止めた。大きな力で。

なのに自分は変わらず、今も郁が来てくれることを待っている。自分の中に確かにある愛を、郁に見せることもせずに。

ずっと、優人はそうして来た。誰にも自分の愛を打ち明けずにいた。

郁にもまだ何も、教えていない。

名前を口にしようとして、その許しを乞うこともしていないと、優人は気づいた。こんなにも郁の名を、呼びたい思いが胸にあるのに。

物語を、郁はきちんと終えた。

唇を固く結んで、優人は顔を上げた。

立ち上がるのに、酷く力がいった。

けれど、今変わらなければきっとずっと、このままだ。今ここにあるものを伝えなければ、郁のことを傷つけたままだ。

夜が近づく往来を、優人は走った。

いつも、郁が自分のところに駆けて来てくれたその思いを食み返しながら、ただひたすらに走る。

汗がうなじを下りた。込み上げる郁への思いだけが、優人を走らせていた。

外灯がもう、灯り始めている。

郁のアパートに、優人は辿り着いた。部屋のドアの前に、人影が見える。

見間違いかと惑いながら、優人はゆっくりと歩み寄った。

部屋の前に立っていた郁が、優人を見る。

「きっと、戻って来てくれると思ったんですけど」

少し、郁の声が痩せていた。

「俺が追い掛けたら、いけないんだと思って」

何故だか切なそうに、郁が優人の濡れたうなじを見る。

「優人さんから、来てくれないと……そう思って部屋にいたんですけど。結局ここまで出ちゃいました」

溜息のように言って、郁はドアを開けた。

「入ってください」

促されて、優人が戸惑う。

郁は、ドアを開けたまま待っていた。

薄暗くまだ明かりのつかない郁の部屋に、優人が上がる。

駆けて来た優人のために、郁は冷たい水を渡した。

部屋の真ん中に郁が腰を降ろして、優人も躊躇いながら座る。

「母に、会って来たんです。大学入ってから、電話もしてなかったんですけど」

沈黙で優人を待たせることはせず、郁は話し始めた。

「……なんで？」

名前を呼ばなかった母親の癇癪《かんしやく》が、郁の目に見える部分を形成しているのは明らかで、優人が思わず尋ねる。

「俺、母には愛されてないと思ってたから。自分のこと愛してない母親の顔見るのは、辛いしって、思ってて。でも」

淀《よど》みなく話すのは、郁の得手ではない。

「図書館で、優人さんが俺に叫んだときに」

考え込むようにして郁は、思い返すごとに、言葉を切った。

「誰も、唯一の気持ちだけで動いてるわけじゃないのかなって」

「……唯一？」

すぐに、郁の言いたいことをわかってやれはしなくて、優人が問い返す。

「俺、優人さんには愛情しかもらってないと、何処かまでは思ってました」

傷つく結果になった思いを、致し方なく郁は明かした。

「でも、違うって優人さんは言って、愛情なんかなかったって」

「うん……そう、言った」

けれどと、続けたい言葉が、優人の喉元で凝《こご》る。

「だったらなんで、俺に人と交われって言ってくれたんですか？」

それを言う前に郁は、図書館での言葉の訳を尋ねた。

「責任を、感じたんだよ」

こんなことが言いたいのではないと思いながら、優人が呟く。

心の底にあるものを、郁に伝えなくてはと優人は走ってきた。けれどいざ郁のきれいな瞳を見ていると、今更、胸にある思いを口にする権利はないように思える。

「それだけ？　ずっと？」

言葉を求めるようにではなく、郁は問いを重ねた。

「だったらなんで俺の中に、確かにそうしなきゃって思いが……残ったんだろう」

独り言のように、郁が呟く。

いつの間にか、蝉の声が納まっていた。

「優人さん、俺にくれましたよね？」

問われて優人は、何をと、返してしまいそうになる。

何もやっていない渡した覚えはないと言ったらそれは、愚かしさの繰り返しでしかないのに、本当に郁に何かやれたものがあるかは、優人自身にはわからなかった。

「愛情、みたいなもの。それは、それだけじゃなかったのかもしれないけど」

瞳を、郁はまっすぐに優人に向けている。

「そしたら、母の持ってるものも唯一の……俺に見えてたものだけじゃなかったのかなって、思って」

ふと郁の目が、優人の向こうに会いに行ったという人を見た。

「顔を、見るなり泣かれて……優人さんみたいに、母に、何度も謝られました」

それは、郁には思いも寄らないことだったのか、綴《つづ》る言葉が遠くを見たままでいる。

「そしたら俺、もう、いいんじゃないかって思ったんです。ずっと持ってた、自分の物語はもう」

不意に、郁の心がここに戻った。

「終えても、いいんじゃないかなって」

それが、手の中にある小説だけのことを言っているのではないと、優人にも知れる。

「サークルの人たちに、よかったら名前で呼んでくださいって言いました。名前を聞かれて答えなかった訳を話したら、酷い父親だなって笑われたりして。俺も少し、笑ったり」

穏やかに郁は、そのことを受け止めていた。

優人の胸に、深い安堵が落ちて、それが郁への思いを改めて教える。

「これは、優人さんがくれた新しい時間です」

「……そんな風に、言うなよ」

それでも郁の言い分は、あまりにも過ぎた言葉にしか思えず、優人は首を横に振った。

「映画館で会った、中学の同級生。広大……恋人だったんだ」

何も話さないままにしていた、広大のことを、ようやく優人が郁に告げる。

「好きでいてくれたのに信じないで、俺、あいつのことすごく傷つけたのに気づかないふりして、忘れたふりして生きてた」

きっと、そういう自分をもう郁は知っているはずだと、多くを優人は語らなかった。

「ずっと、色んな人の気持ち疎かにして。誰のことも、好きにならないようにして」

償いきれない気がして、優人がなんのためにここに戻ったのかを、見失う。

「おまえの気持ちも……踏みにじったろ？　嘘で、俺、おまえに触った」

声にすると、酷く後悔が滲《にじ》んだ。何処からやり直しても、やはり許されることではないように優人には思える。

「だったらどうして」

首を傾けても、郁は決して俯かなかった。

「嘘のままにしなかったんですか？」

ゆっくりと郁は、優人に訊いた。

「俺、もしかしたら優人さんにちゃんと」

必死で、優人が郁の言葉を聞く。

「いつからかそれはわからないけど、愛されてたって……自惚《うぬぼ》れすぎですか？　だって、どうして打ち明けたの？　嘘を」

訳を、優人は声にしたかった。

けれど容易に、声にはならない。喉が塞《ふさ》がれるようで、唇を開くのに、時間が掛かった。

「愛してた」

郁に渡した優人の声が、酷く掠れた。

「映画館からここに来て、泣いて、泣いて、朝おまえの顔見て」

それでも言葉は優人の思いを乗せて、健気に郁の元へ行こうとする。

「気づいた。おまえのこと愛してるって。愛するって、こういう気持ちなんだって、やっとわかった」

何故、衝動で全てを告げたのか、はっきりとそのときの気持ちが優人の胸にも返った。

「そういう、おまえの気持ちもないがしろにしてたってわかったら、もう」

「……ずっと、痛かったんですね」

不意に、郁が優人の手を、取る。

「指」

小さく、郁が優人の指に唇を寄せた。

「嘘を吐いてたから。いばらを編んでるみたいに」

「イラクサだよ。おまえが教えてくれた」

何を郁が言いたいのかはわかって、それでも優人が受け取ることをわずかには躊躇う。

目を伏せてから、確かに指に触れる郁の体温に、優人は意志を持って顔を上げた。

「……うん。痛かった」

臆病さを、やっと、捨て去る。

「嘘が痛いのは、言葉とは違う本当の気持ちを優人さんが持ってたからだって……思ったら駄目ですか?」

手を放さないまま、郁がちゃんと出会った瞳を合わせた。

ここから、始めよう。

許されるならと、優人は決めた。許されないなら、そのために力を尽くそうとも思った。

「名前、呼んでいい？」

問い掛けたら郁は微《かす》かに笑んで、頷いた。

「郁」

名前を綴ったら、涙が、優人の頬を伝った。

「郁」

口づけられた指でそのまま、郁の頬に優人が触れる。

「俺、おまえのことちゃんと、愛してるよ」

ただ心にある言葉が、優人の唇を離れた。

それを受け止めて郁が、触れるだけの口づけを静かに施す。

「もう、嘘を編まないで。優人さん」

額を合わせて、懇願のように郁は言った。

「うん」

約束を、優人が返す。

「……優人さん」

髪を梳《す》いて郁は、優人の耳元に囁いた。

「もう、暗くなるよ」

明るいのはいやだと言ったことをよく覚えているのか、郁が薄闇に優人を抱く。

迷わず、優人は郁の背に触れた。

焦りはせずに郁が、優人の体を寝かせる。

「ん……っ」

深い口づけで、郁は優人の唇を開かせた。

自分の欲するままに、優人も郁の舌を食む。

長いキスはやがて愛撫に変わって、郁の唇が優人の肌を辿った。

「……っ……」

耳たぶからうなじへ降りた口づけに、ほんの少し優人が身を捩《よじ》る。

「待って……俺、汗掻いたから」

俯いた優人の首筋を、構わず郁は舐《ねぶ》った。

「郁……っ」

「走って来てくれたから。俺のところに」

咎めた優人に、郁が笑う。

「何も待てないです」

もう一度口づけながら、けれど言葉とは裏腹に、優人の服を剥《は》ぐ郁の手は急かなかった。

郁の腕に、優人は全てを任せた。

やがて、お互い何も纏《まと》わず抱き合って、好きな人に肌を探られる悦楽に優人が飲まれてしまいそうになる。

「なんで」

唇で肌を辿り、舐った指で下肢を探る郁の過剰なやさしい愛撫に、優人は息を震わせた。

「そんな風に……、郁、もう……っ」

肉が戦慄《わなな》いて優人が、郁を求める。

瞼《まぶた》に、郁はキスで触れた。

「愛してるとか、愛されてるとか」

頬にも、郁は口づける。

「ちゃんとわかっててするのは、初めてってことでしょう？　優人さん」

問い掛けられて、上がる息のまま、優人は郁にわかるように頷いた。

「だったら、やさしくしたい。好きな人と初めて寝る人に」

大事にしたいと呟いて、郁が優人の肉を掻く。

「……んあ……っ」

奥を探られて、優人は郁の腕に思わず爪を立てた。郁の言うように初めてちゃんと恋人と交わす肌の熱に、優人が噎《むせ》んで、悲鳴を嚙《か》み殺す。

「あ……郁……お願いだから……っ」

何度も中を搔かれて、優人は涙声で乞うた。

「優人さん、もっと」

ゆっくりと郁が、指を引く。

「ん……」

「優人さんの声で、聞きたい。俺の名前」

「……郁……」

ゆるやかに郁は、優人の中に分け入った。

「んあ……っ」

「ずっと……聞いてたい、優人さんの、声」

途切れ途切れに言って、郁が優人の内側を、今更知るように行き来する。

「……郁……っ」

ただ郁を求めて、優人は何度もその名前を綴った。

堪えられず背を強く抱いた優人を、郁が深く抱き込む。

「あぁ……っ」

初めての、何も心を欺かない情交に、優人は自分を手放して全て郁に預けた。

「痛っ」

繰り返された行為に我を無くして、郁に抱かれたまま朝を迎えた優人は、突然頭に何かが強く触れるのに目を覚ました。

目の前には郁の胸があって、手で辺りを探ると触れたものは、崩れてきた文庫本だった。

本を持って、しばらく優人がそれを眺める。部屋を、改めて見回した。

起き上がって優人が、手に取った本で郁の頭を殴る。

「いたっ……何すんですか、優人さん！」

文字通り叩き起こされた郁は、驚いて本を手にしている優人と向き合った。

「俺もこの本に起こされた」

「よく崩れてくるんですよ……」

頭を摩《さす》って郁が、本を元に戻そうとする。

「バイトしな」

「え？」

唐突に言った優人に、郁は困惑した。

「なんかタブレット買って、それで読める本と図書館で読める本は全部処分しな」

「そんな……優人さんだって、紙の本の方が好きだって言ってたじゃないですか！」

突然の優人からの提案に、郁があまり聞かせない大きな声を上げる。

「ものには限度ってもんがあるだろ」

「俺、優人さん就職先変えたの知ってるんですよ。三倉先輩が電話くれて……優人さん本、作るんだって」

口惜《くちお》しそうに郁が、健の名前を口にした。

「就職先じゃないよ。まだただのバイト。バイトだから広いところには越せないし」

尋常とは言えない量の本を、優人が見渡す。

「おまえがこの本整理しないんだったら、一緒には暮らさない」

視線を郁に向け、はっきりと優人は言った。

投げられた言葉が、いつかの自分の願いへの答えだと、郁が理解するのに時間が掛かる。

「……優人さん」

優人を抱いて、郁は口づけようとした。

「喜ぶより先に、八割減らすこと考えて。これ」

胸を押し返して、そこを譲る気はないことを優人がもう一度教える。

「そんな……」

キスもできないまま、郁は本気で悩んで頭を抱えた。

ふと、一冊の本が優人の目についた。優人と郁で中庭のベンチで読んだ、アンデルセン童話だ。

それを手に取った優人に、郁が顔を上げる。

「これうちの会社来たら読めるから、売りな」

「ひどいですよ！　優人さん」

有無を言わせぬ優人の口調に、郁は悲鳴を上げた。

「……これは、特に大事な本なんです」

黄ばんだ本を、郁が優人から奪い返す。

「大丈夫だよ」

本を抱えた郁の前髪を、優人は撫でた。

「俺、いばら編んでたこと、忘れないから」

大切な約束を、優人が郁に渡す。

「イラクサですよ」

愛しそうに優人を見て、郁は笑った。

「どんな草なんだろうな」

「今度、一緒に調べてみましょう」

肩を寄せてきた郁に、優人は頷いてまた本を取り上げた。

「でも本は、必ず整理して」

言い置いた優人に、郁が本気で項垂《うなだ》れる。

縋るように郁が自分を見上げるのに、堪えられず優人は声をたてて笑った。

いばら姫と新参王子

「郁《かおる》」

初めて大好きになった人が自分を好きだと言ってくれて、自ら認められずにいた自分をきれいだと言ってくれる。

その上己の腕の中にその人がいてくれることを、湊《みなと》郁は至上の幸いに思いながらまだ覚めかけの眠りの中に居た。

「郁、おまえ本当に俺のこと好きなの？」

けれど、ぼんやりと三つ年上の恋人棚野優人《なぎのゆうと》の声が聞こえてはいた郁は、突然思いもしないことを問い掛けられて跳ね起きた。

「もちろんです」

こうして抱き合うようになってから半年以上が過ぎて、最初の春が巡ったというのにそんなことを問われて郁が目を見開く。

抱いていたはずの優人は郁の腕を振り払って起き上がり、崩れてきた文庫を投げてよこした。

「ならなんで更に本が増えてんだよ！」

よくあることなのだが優人は、郁の部屋で眠って雪崩《なだ》れ落ちてきた本によって起こされてしまったらしい。

「……それは」

この会話は二人の間で散々繰り返されていたことで、郁は「そもそも優人さんがこの部屋に上がるようになったときには最低限の本しかなかった」と何度か言っては余計に優人を怒らせているので、もうそれは言わない。

「整理したいとは思ってるんですけど」

「俺と暮らそうと思ってるなら、八割減らせって言ったよな。俺。百万回くらい」

ぼやきながら優人は崩れた本を手にとって、開いて読み始めた。

「百万回は大袈裟《おおげさ》ですよ」

少し華奢《きゃしゃ》な、自分には特別にきれいに見える優人の肌を見つめながら郁も起き上がる。

学生用アパートは以前より多くの本が積み上げられていて、真ん中になんとか郁が布団を敷いて優人が訪れると二人はそこで眠った。

「そのくらい言った気持ちなの。なのになんで来る度増えてんの？　おまえ本当は俺と暮らしたくないの？　本当は俺のことそんなに好きじゃないんじゃないの？」

その優人が郁の元を訪れる日は、春が来て極端に減っている。

大学在学中に始めた出版社へのバイトが本格化して、優人はほぼ正社員と変わらない時間帯を会社に出勤していた。

「大好きです。今日からでも一緒に暮らしたいです」

郁はやっと大学二年生になったところで、一般教養の単位をまだ取っているところだ。四月から学生と社会人にきっぱり立場が分かれてしまった郁と優人は、週末にこうして郁のアパートで宿泊デートができたらまだましな程度にしか会えていなかった。

五月はもう目の前で、この状態になってから一月が経《た》つ。三月まではまだしももう少し頻繁《ひんぱん》に会えていたけれど、今は一週間に一度会えるか会えないかが現状だ。

「優人さん仕事終わったあと、俺、優人さんの家に行ったら駄目ですか？」

何度か尋ねては断られていることを、控え目な声でまた郁が持ちかける。

「俺がこっち来るって言ってるだろ」

「だけど、仕事が早く終わった日に俺が優人さんちに行った方が楽じゃないですか？　優人さんが。それに優人さんちには、こんなに物がないんですよね」

時々これを思っては不安になるのだが、郁は優人と出会ってから一度も優人の住む部屋に上げてもらったことがなかった。

優人の在学中はここが大学に近いのでその方がお互いに楽だからだろうと郁もあまり気に掛けなかったが、本格的な通勤が始まった優人と平日に会いたいと思ったら、そうした方が負担がないはずだ。

「俺んちはダメ」

「なんでいつも俺んちなんですか」

いつもと同じに、今日も理由もなくあっさりと断られて郁が食い下がる。

「それは俺がおまえの蔵書に会いたいから」

笑って優人は、きれいな髪を落として手元の本を読み進めようとした。

「矛盾してるじゃないですか」

本を取り上げる、ということができずに郁が口を尖《とが》らせる。

「よく気づいたね」

「俺、優人さんちに行ってみたいです」

「ダメ」

もう一度願いを口にした郁を、見もしないで優人は一言で終わらせた。

「どうしてですか？」

どうも頑《かたく》なに優人は自分を家に上げないことにしていると、コミュニケーションに於《お》いては本当にまだまだの郁がようやく気づく。

「それが楽になっちゃうだろ？　お互い」

だから自分が優人の家に行くと言ったのに、それを断りの理由にされて郁はわけがわからなかった。

「何がいけないんですか。大学卒業したのに、うちに来るの優人さん大変でしょう？」

「大変」

「だったら」

「でも俺がこっちに来るの」

納得できるような理由は何も語ってくれず、それは動かない決定事項だと優人が無情に告げる。

本当に本を読み始めてしまった優人を、本が膨大《ぼうだい》にある以外は平凡な学生アパートの朝陽の中で、郁は見つめた。薄いカーテン越しに差し込む光の中で、郁には優人はあらゆる意味で特別にきれいだ。

自分を愛してくれた、もう今までのような嘘《うそ》は編まないと、去年の夏の終わりに優人は郁に言ってくれた。

そもそも人との関わりを今まで多く持ったことのない郁は、優人の言葉を信じて抱き合った。そうして春が来て初めて郁は、本当に優人は以前と変わることができたのだろうかと、ほんの少し疑った。

恋人になったはずなのに、優人は未だに自分の家には郁を上げない。その理由も満足には与えられない。

優人に乞《こ》われて郁は人と関わることを始めようと今努力しているけれど、そんなに人間は簡単には変われないことは自分自身が実感していた。サークルの中で好意的に接してくれる何人かと、本の話をしているのが今の郁の精一杯だ。

いばらを編んでいたことを忘れないと約束してくれた優人の指を、本のページからそっと郁は取った。

嘘を吐かれてるとは思わないけれど、優人にはまだ少しの壁を郁は感じる。

始末しろと言われ続けている本を郁が増やしてしまうのは、性《さが》とも言えたが、優人に出会うまで郁はただずっと本とともに生きてきた。ただ一人優人を得たと思えたとしても、急には本とは別れられない。

本は、郁にはずっと要塞だった。自分を守ってくれる本に、郁は囲まれて生きていた。

まだ、そこから出られないのは自分も同じだと今更気づいて、郁は優人の指に口づけた。

「明るいとこでしないよって、俺言ったでしょ？」

嘘に傷ついていた以前と優人の指が違うのかどうか、口づけただけでは郁にはわからない。

「一度もしたことないんですか？」

それを行為の始まりだと思ったのか優人が指を引こうとするのに、確かにその言葉は何度か聞いたと、郁は尋ねた。

放さない郁の手に指を預けたまま、優人が問い掛けに考え込んでいる。

過去を振り返っているのだと、郁は気づいた。過去に抱き合った恋人を思い出して、優人は郁の尋ねたことに答えようとしている。

「……郁？」

「……ないよ」

少し間が空いてそう教えられて、郁は自分が酷《ひど》く苛立《いらだ》っていることに気づいた。

そうして優人を過去に抱いた男を、今優人自身が反芻《はんすう》したことに、言葉にならないほど胸を掻《か》かれる。

「どうして？」

それでもそれを優人にぶつけることはできなくて、代わりに郁は「明るいところではしない」という理由を尋ねた。

「それは」

そんなことを問う郁に優人は顔を顰《しか》めたが、それでも律儀に訳を探してはくれる。

「ああ、そっか」

ふと、自分で答えに行き当たったというように、優人は独りごちた。

「なんでなのか考えたことなかったけど、訊《き》かれてよく考えたら理由がわかった」

「どういう理由ですか？」

尋ねた郁もそんなにはっきりした理由が返ると思ってはいなかったので、得心したような優人に戸惑う。

「……最初の彼氏、広大《こうだい》。映画館で会ったの、覚えてる？」

「もちろん」

それで優人が我をなくして泣いて今までの心情を全て打ち明けたのだから、郁が忘れるはずはなかった。

「あいつとつきあってるとき俺、広大のことノンケなのに性欲が暴走して俺とやってるんだと思い込んでたから」

ぼんやりと優人が、今でもそれを広大にすまなく思うように遠くを見ている。

「だいたい昼間だったけど、カーテン閉めて、裸見るなって。服も絶対全部、脱がなかったし」

落ちていた髪を掻き上げた優人の過去を悔いる横顔を見ながら、郁は言葉が出なかった。

「俺の裸見ると男だって思い出して、広大が萎《な》えるんじゃないかって思って頑なに嫌がった。そんときの名残りだな」

暗がりを望む理由に自分で納得して、優人が肩を竦《すく》める。

「俺、最初からちゃんと優人さんが男だってわかってて欲情してます」

また本を読もうとした優人の手を、郁は引いた。

「そんなことまっすぐ言われても困るんだけど」

照れた様子もなく、優人が本当に困って笑う。

「だから、俺とは明るいとこでしてもいいと思います」

「もう習い性だよ。無理だよ。単に恥ずかしいよ、女だってそういう女もいるだろ?」

明け透けなところもある優人にしては珍しい「恥ずかしい」という言葉を聞かされて、体温が上がるのを感じたけれど、それ以上に郁を熱くする何かがあった。

「優人さんが一度も明るいところで誰ともしたことないなら」

過去の、優人に触れた男たちへの嫉妬《しっと》だ。

「俺、したい」

戸惑う優人を抱いて、郁が布団にその体を寝かせる。

「郁、恥ずかしいんだってば」

「優人さんのこと、俺、ちゃんと見て抱きたい」

耳元に、強く乞うて郁は囁《ささや》いた。

やがて観念したように、優人が拒む力を抜く。

唇を、郁は合わせた。長い口づけのあと、うなじにそのまま唇を這《は》わせる。指先で郁が肌を辿《たど》ると、優人はわずかに熱を上げた。

「……っ……」

抱き合いながら優人が何処《どこ》をどんな風に触れられると我をなくすのか少しずつ郁も覚えて、その顔が見たくてその声が聞きたくて、唇や指が饒舌《じょうぜつ》になる。

「やめろよ……おまえ、最近なんか……」

胸を舐《ねぶ》りながら足の付け根を撫《な》でていると、優人が堪《こら》えられないと足搔《あが》いた。

「最近、なんですか」

「……最初はかわいいもんだったのに、最近時々、何処のエロじじいかと思うよ」

憎まれ口をきいた優人の胸に少し強く歯を立てて、郁が舌を這わせる。

「ん……っ」

小さく「やだ」と優人が喘《あえ》ぐのが聞こえて、郁の指が優人の肉を分けて中に入り込んだ。

「あ……んあ……っ」

明らかに感じながらそれでも優人は、朝陽の中であることをまだ気にしている。

一度も明るいところで抱かれたことがないと優人が言ったのは本当なのだろうと思うと、郁は余計に高ぶった。

「や……だ……っ、あ……っ」

濡《ぬ》れた声をはっきりと聞かされて、郁の指がなお優人を追い詰める。

最近、セックスのとき気が散ると、郁は思った。

いや、気が散るというのとは違う。

一度考えてはいけないことを考えてから、思うまいとして、それで郁は優人に少しだけ酷くしてしまう。

喉《のど》まで、訊いてはいけない言葉が出掛かるのを、郁は何度も飲み込んでいた。

誰と何回寝たの。自分以外の何人の男が、あなたのその顔を知ってるの。

「……郁、もう、やだ。ホントに」

息を継いで優人は、郁の肩を押し返そうとした。

「口で、してやろうか」

少しでも郁を納めようということなのか、瞼《まぶた》を濡らして優人が声を掠《かす》れさせる。

声にしそうになるのを、それでも郁は必死で堪えた。

誰に最初にしたの。何回したの。

「そんなのしなくていいです」

耳元に囁いて指を引くと、郁は優人の足を開かせて身の内にゆっくりと入り込んだ。

「待って……郁」

「ごめんなさい、待てない」

胸に掌《てのひら》を当てて拒もうとした優人を深く抱いて、郁が奥に辿り着いてしまう。

「んあ……っ」

不意にそこを突かれて、否応なく優人は悲鳴を上げた。

「またおまえ」

強く揺さぶると優人は言葉を継ぐのも精一杯で、郁の背を掻く。

「なんでつけないの……っ」

問われて郁は、最初から優人に使うように言われて買い置きもあるコンドームを、自分がつけていないことを思い出した。

また、と優人が言ったように最近郁はそれを忘れてしまうことが多い。

「んあっ、あぁっ」

咎《とが》めながら優人も、完全には郁の腕を振り払えないでいた。

「この方が優人さんも悦《よ》さそう」

もう引くことはできなくて、郁が優人を強く抱いて出入りを繰り返す。

「バカ……っ」

涙声で優人は詰《なじ》ったけれど、肌は熱く郁に絡みついていた。


中に出すなと優人は言ったけれど、郁は止まれずにその肌を濡らしてしまった。

声を殺せず泣いて郁に抱きついた優人は意識を手放すように眠ってしまって、昼を過ぎたけれど構わず郁はその寝顔を眺めていた。

もし優人が眠り姫ならキスをして起こしたりせずに、自分なら永遠にこうして見ているのにとぼんやりと思う。

やがて、そんなには長くない眠りから優人は醒《さ》めた。

自分をじっと見ている郁に気づいて顔を顰めたけれど、優人はすぐには動けない。

「おまえがちゃんと毎回つけないから」

溜息《ためいき》のように呟《つぶや》いて、優人はカーテン越しの光から本当に恥ずかしそうに顔を背けた。

「俺この間、一応検査行ってきたよ」

「なんの？」

唐突になんのことかわからない話をされて、郁が無防備に尋ねる。

「前も言ったろ？　危ないのおまえの方だって。健《たける》さんがなんか病気持ってたら、おまえにだって移るってことなんだよ」

ちゃんと理解しろというように、優人は実例を出した。

「まあ、あの人つけなかったことないけど」

けれど前の恋人三倉《みくら》健の名前を出したことで、健に汚名を着せた気持ちになったのか優人が言い添える。

目が覚めた眠り姫は、本当に厄介だ。

まただと、郁は冷静になれない手に負えない自分と折り合うことをあきらめて優人の上に覆い被《かぶ》さった。

「なんでもう一回なの！　さかりなのかよ！」

さすがにもう勘弁だと、優人が大きな声を上げて郁を押し返そうとする。

「俺」

掌で郁は、優人の髪を抱いて目を合わせた。

「今考えたくないこと連想させられたんですけど」

こうなった原因は健の名前を出した上に二人の間にあった行為を思わせた優人にあると、郁が憮然《ぶぜん》と伝える。

「……あ」

その非は優人にも自覚されたのか、抵抗する力が消えた。

「ごめん。じゃあ、責任取るよ。もう好きにしな」

耳を食《は》んだ郁に、優人が身を捩《よじ》って息を吐く。

「でも、今度はつけろよ。あんま良くないみたいだから、別に病気じゃなくても」

肩を掻いて優人が言うことを、聞かなくてはならないのは理性では郁にもわかった。

「やだ」

けれど理性の及ばない心の奥にある熱に支配されて、郁は強く優人を抱いた。

今まで優人は多分、ほとんどつけないでさせたことがない。最初に抱いた朝に真っ先にそれを言われたから、郁にもそのくらいの想像がつく。

もしつけないで優人を抱いた者がいないのなら、自分はそうしたい。

郁がどんなに優人に言いつけられてもつけない理由は、ただそれだけだった。

急に仕事で必要になった本があるのだけれど持っていないかと優人から電話があり、それを引っ越し初期の地層から郁は発掘することができた。

取りに行く時間がないから送れという優人を説き伏せて、ゴールデンウィーク明け平日の夜、郁はその本を届けに行くことにした。

口実をつけて、優人の家に行きたいだけだった。教えられた住所を頼りに優人のアパートの最寄り駅に行ってみると、郁の最寄り駅からは三十分掛かる。

やはり通勤している優人のことを思えば、自分が優人を訪ねた方が楽だろうに何故と思いながら、駅から少し歩くアパートの二階に郁は辿り着いた。

「はいはい、今開ける」

少し緊張してインターフォンを押した途端、中から優人の気安い声が返る。

アパートは外観からきれいで新しい、優人に似合いの建物だった。

「悪かったな、わざわざ」

ドアを外側に開けて、まだ帰ったまま着替えていない様子の優人がきれいに笑う。

「いえ。俺はいつでも暇ですから」

学内で作っているフリーペーパー「カレッジプラス」の作業以外は、講義とそのレポートくらいしか実際郁はやることがなかった。バイトをしようと思っているが、ここで自分がバイトを始めるとますます優人に会えなくなることが郁を躊躇《ためら》わせている。

「バイトしろよ」

案の定優人はそう言いながら、郁に中に入るように促した。

出会ってから本当に初めて郁は、優人の部屋に上がった。清潔だし、とにかく物が極端に少ないのが玄関を上がっただけでわかる。仕送りが多かったのか学生アパートという感じはせず、洋室が二間はあるようだった。

「面接で落ちるの体験したらいいでしょうね。湊は」

玄関に近い六畳間に足を踏み入れて、思いもしない人物の声を聞いて郁が息を呑《の》む。

フリーペーパーを作っているサークルのこの間まで部長だった平野修《ひらのおさむ》が、何故だか優人の部屋で床に置かれた低いテーブルの前に座っていた。

「……部長?」

どうして平野が優人の部屋にいるのかさっぱりわからず、郁はまともに挨拶もできない。

「元部長だ」

悠々と缶ビールを呑んで、いつでも冷たい印象のする眼鏡《めがね》を掛けた平野は、顔も上げずに似合わない児童書を読んでいた。

「ああ、さっき来てくれたんだよ。平野」

座れと郁の背中を押して、優人が冷蔵庫を開ける。

「……どうして」

まだ社会性が培われる日は遠い郁は、不審と不満をそのまま声に出してしまった。

「俺も四年になって一応引退したんで、部室から私物引き上げてたら優人さんの私物も出て来たんだ。どうしますかって連絡したら、引き取るって言うから届けに来ただけだ」

どうやら平野が捲《めく》っているのは優人の勤め先で出版している児童書で、なんでもないことのようにそう告げてそこに平野がいるだけでも郁には戸惑いしかない。

「近くに用があるって言うから、甘えたんだ。……なんだ、ビール切れたな。買って来るから二人で適当にやってて」

「そんな。俺行きますよ」

言い置いて優人が玄関に向かうのに、慌てて郁は声を上げた。

「おまえ一番近いコンビニわかんないだろ、初めて来たんだから」

笑いながら優人が、そのまま郁を平野と二人きりにして出て行ってしまう。

やっと優人の部屋に寄せてもらえると郁は気持ちが舞い上がっていたので、部屋に入った途端平野がいてしかも二人にされて、全くどうしたらいいのかわからなかった。

「いつまで立ってんだ。こっちが落ち着かないよ」

本から顔を上げないまま、愛想もなく平野が言う。

仕方なく郁は、テーブルの平野の向かいに腰を下ろした。

「おまえ、ここ初めてなのか？」

何故優人の部屋に来たのかと尋ねられないことがおかしいとも気づかずに、平野の問いに郁が頷《うなず》く。

「はい」

「ふうん。それは意外」

どうしてなのか平野は突然不敵に笑って見えて、郁はますます意味がわからなくなった。

「部長は、何度もいらしてるんですか？」

まるでよく来ているくらいの風情で落ちついている平野に、惑うまま郁が尋ねる。

「もう部長じゃないけど、俺」

就職活動が本格化して、その中でもいち早く大手出版社に内定が決まった平野は、その余裕のままに肩を竦《すく》めた。

「カレッジプラス」は受賞経験も多く発行部数も多いので、部長としてそれを有能に纏《まと》めていた平野の内定が早いことは当たり前だと誰かが言うのを、郁も聞いている。

「優人さん三年のとき、三倉先輩は新卒の編集者で、会えなくなってたし。それまで飲み会は三倉先輩が、だいたい優人さん連れて帰ってたから」

平然と平野は健のことを口にして、優人は健とのことを公にはしていないはずなのにと、郁は相槌《あいづち》も打てなかった。

「三年になってすぐ、一度優人さんが珍しく呑み過ぎて潰《つぶ》れたことあってな。そんで仕方ないから俺が送った、ここに」

ここには何度も来ているのかと尋ねた郁への返事を、わかりにくく平野が長く返す。

「俺、ずっと優人さんにいいように使われてたから。届け物に来たのも初めてじゃないよ」

それほど長い時間平野の元でサークル活動をしたわけではないが、そんな郁にも平野が優人に振り回される有益とは思えない時間を疎ましく思う人間だろうことぐらいは、わかっているつもりだった。

なのに平野は、そのことをまるで悪く思っている風がない。

「ここの近くに……用だったんですか?」

確かさっき優人がそう言っていたと、郁は改めて平野に訊いた。

このアパートの最寄り駅は、学生街だが何があるという感じもしない。

「ああ」

ようやく、平野は本を閉じて顔を上げて郁を見た。

「嘘だよ」

まるで感情の読めない顔で、悠然《ゆうぜん》と平野が笑う。

とても郁には平野の思うことなど想像もつかず理解も及ばなかったが、腹立たしく酷く焦燥感を煽《あお》られた。

「悪い悪い、待たせて」

すぐ近くにコンビニがあるのか、優人の声が玄関から響く。

「ほら、郁」

部屋に入ってきた優人にビールを渡されて、無力に郁はそれを受け取った。

郁と平野の間になる場所に優人が腰を下ろして、その手元で缶ビールが開けられる。

倣《なら》って、郁も開けた。

「お疲れ。悪い、ホント二人とも」

促されて郁が、不本意な気がしたが優人だけではなく平野とも缶を合わせる。

「優人さん。忘れないうちにこれ」

背にあった鞄《かばん》から平野が、袋を取り出して優人に渡した。

「サンキュ」

受け取って優人が、中から薄いアルバムのようなものを取り出す。

それが何かと訊いていいのかもわからず、郁はじっとその手元を見ていた。

「昔、サークルで旅行に行ったときの写真だよ。なんでもデータのままにしがちだから、これはプリントしようって誰かが言い出して。俺、部室に置いてたの忘れてて平野が見つけてくれたんだ」

　そんなに見るなと笑って優人が、郁に説明する。

「見せてもらっても、いいですか？」

「別に楽しいもんじゃないと思うよ。平野に電話もらうまで、俺も存在を忘れてた。ただの旅行写真だ」

　言いながら優人が特に中を確かめることも躊躇うこともせず、郁にアルバムを預けた。

　プリントした写真が納められたアルバムを持ち帰らず部室に置いたまま卒業したことは、以前の優人を思えばなんの不思議もないことだと郁もすぐにわかる。

　捲ると、何処かの海辺で缶ビールを開けて、花火をしたりしてはしゃいでいる部員たちの写真が並んでいた。ほとんどが知らない顔だ。

「それ、確か三年くらい前の旅行だから。郁なんか生まれる前だよ」

「生まれてはいました」

「おまえなんか赤ちゃんみたいなもんだって」

　真顔で返した郁に、優人が笑う。

　三年前ならば当時四年生でサークルはもう引退していたはずの健が、ところどころに写っていた。何故健がこの旅行にいるのか、郁には訊けない。一年生だったのだろう平野も、特におもしろくもなさそうな顔で写っている。

時折集合写真が入って、そうすると必ず優人の隣には健がいた。最後のページを捲って、郁は息を呑んだ。酔って寝てしまったのだろう優人を支えながら肩を抱いて、健が笑っている。

周りに写る者も笑っているから、ただふざけているのだと判断することはできる。けれど郁は言葉もなく、ただならぬ勢いでアルバムを閉じた。

「つまんなかっただろ？」

「俺はそのアルバム、同じの持ってるんで久しぶりに見ましたけど」

肩を竦めて優人が郁に尋ねるのに、平野が口を挟《はさ》む。

「大変、おもしろかったですね」

明らかに自分を揶揄《からか》って平野が笑ったことが郁にはわかったが、優人には通じていないようだった。

「せっかくだから三人でメシでも行くか。まだバイトの身分だけど、ＯＢだからなんか奢《おご》るよ。安い焼き鳥とかそんなんで良ければ」

この三人でここにいても不毛だとは気づいたのか、優人が郁と平野に声を掛ける。

「自分は、用があるんで帰ります」

のうのうと嘘を吐いて、平野は立ち上がった。

「あ、そっか。なんかのついでに来てくれたんだったな。ありがとな、平野」

立ち上がって優人が、平野を送るために一緒に玄関に向かう。

「ほら、挨拶しろよ。郁」

促されて郁はなんとか平野を見たが、言葉は出ず、平野はただ笑っていた。

「いいですよ。湊の社会性のなさには、優人さんより俺の方が慣れてます」

優人の前で堂々と郁を貶《おとし》めると、平野が丁寧に優人に挨拶をして出て行く。

鍵を掛けて優人が、程なく部屋に戻った。

「おまえ、ちゃんと挨拶くらいしな？　平野は元部長だし、先輩だろ」

窘《たしな》められて郁は、どうして今自分が声も出なかったのか説明できない。この説明もできないところが口惜《くちお》しいけれど平野の言う通り社会性の欠如だと、更に思い知ることになった。

「ま、そしたら二人でメシ行くか。奢るよ、郁」

叱《しか》り続けはせずに、優人が郁に立つように促す。

「あの、俺も忘れないうちに」

ようよう声を出して、郁は鞄に入れていた元々古書店で買った児童書を取り出した。

「ああ、助かった！　今古いもんでもなんでも買えるようでいて、全然手に入らない本もあって。きれいにして返すから、借りていいか？」

本を確認するために、優人が郁の隣に座る。

「もちろんです」

頁を捲っている優人の肩越しに、郁は改めて部屋を眺めた。前に優人が言っていた通り、本当に物がない。必要最低限、それ以下とも言えるくらいにがらんとしている。

人が住んでいることが、嘘のようだ。

「きれいですね」

「何が？」

本に夢中になりながら、優人が尋ね返す。

「優人さんの部屋」

「何もないからね」

平然と優人は、見たままのことを言葉にした。

不意に、この間から郁の胸を覆っている不安が俄《にわか》に高まった。

不安のまま手が優人に触れて、唇に唇を重ねてしまう。

「……こら、そんなつもりで呼んだんじゃないよ」

すぐに優人は、郁を掌で押し返した。

「でも、会えたの少し久しぶりだから」

そのまま抱いてしまいそうになった郁の腕から、簡単に優人がすり抜けてしまう。

「ここじゃしないよ、郁」

変わると言ってくれた以前と、目に見えるところで優人が何も変化していない怖さに、拒まれても郁はまた手を伸ばした。

「しないって。さ、焼き鳥な。行こ」

真に受けてもくれず笑って、優人が立ち上がり郁の腕を引く。

深い口づけさえ満足にさせてもらえないまま、歩き出した優人に郁は従うしかない。

中学時代の恋人に映画館で再会して優人が取り乱して、郁に全てを打ち明けた後大学で見なくなった。酷い裏切りに傷ついてはいたものの優人が普通の状態だったとも思えず、郁は仕方なく健を訪ねた。その時随分スマートに電話番号を聞き出されて、家に行ったら熱出して倒れてたけど、その熱は下がったようだと健は丁寧に郁に報告してくれた。

この何もない部屋に、健は普通に訪れていた。

今日は平野までもが、当たり前のような顔をしてここにいた。

どうやらこのまま食事に出て、自分が帰されることは郁にもわかる。

尋ねたいことが優人にたくさんあったけれど、郁はどれも上手く問い掛けることができずに、きれいな部屋を後にした。

会えない日が続いて、雨の多い六月になった。

卒業する前から優人は自分が社会人になったらそうなるだろうから覚悟しろと言ってくれてはいたけれど、こんなにも会えないものなのかと郁は溜息を積もらせて大学の中庭を歩いていた。先週末も、その前の週末も会えていない。

見上げると、空は薄曇りだ。

平日だけれど、せめて顔を見に会社の近くに優人を迎えに行っては駄目だろうかと、郁が思いつく。

携帯を取り出して、郁は優人に電話を掛けた。まだ就業中の時間だが、留守電に入れておこうと気が逸《はや》る。

けれど思いがけず、優人が電話に出た。

どうしたんだよ、こんな時間に。仕事中だってわかってただろ？

出るなり優人に、郁は叱られた。

「……すみません。留守電に、メッセージ入れておこうと思って。俺」

慌てて郁が、なんのために電話を掛けたのか一瞬見失ってしまう。

「あの、俺、優人さん仕事終わる頃会社の近くまで行ったら駄目ですか？　顔見たくて」

たどたどしく郁は、願いを優人に申し出た。

少し沈黙があって、「ごめん」と優人から声が返る。

今日は夜、平野とメシ食う約束してるんだよ。

思わぬ名前を聞いて、郁は意味がわからなかった。

「どうして、部長と？　そんなに親しかったんですか？」

この間も平野は優人の部屋にいたけれど、優人の在学中に平野との特別な親しさを郁は感じたことがない。

そう考えてから郁は、自分は平野でなくとも、優人以外がほとんど見えていなかったことにも改めて気づいた。

大学の外にいた健のことだけはやはり鮮烈で、忘れようがないけれど。

出版社見学したいって言うから、遅い時間に少し会社見せてそのあとメシ食うだけだよ。また連絡するから。

こともなげに言って、優人は電話を切ってしまった。

何もかもが釈然とせず、そのまま郁は元々行くつもりだったサークル棟に向かった。構内の緑が濃く、優人に出会ってから一年が過ぎたことに気づく。

憮然としたまま、郁は部室のドアを開けた。

「あら、最近まめね。入稿前でもないのに」

何人かが部室にいたが、一学年上の松田佳美《まつだよしみ》がすぐに郁に笑ってくれる。

「他に、行くところもないので」

「ねえ、小説書いてる？」

引退して以来ほとんど来なかったのに、何かパソコンを弄《いじ》っている平野をすぐに見つけてじっと見ながら答えた郁に、佳美は唐突に尋ねてきた。

「え？」

あまりにも突然訊かれたので、さすがに郁も戸惑う。

「文芸論で大賞取ったのに、次回作書かないの？」

言われて、郁もそのことを思い出した。

優人のためにだけ書き上げた小説を、優人はパソコンでテキストにしてくれて、郁はそれを言われた通り大学の「文芸論」に投稿した。年度末に発行された「文芸論」には、郁の小説が大賞作品として掲載されている。

文学系の教授たちから激励を受けたし、佳美のような読書家に褒めてもらったが、学内誌だ。小説家になったわけではないことは、郁自身よくわかっている。

「時々、少しずつ書いてますけど……あれも完成させるのに随分時間掛かりましたし」

もっと書いたらいいと優人にも言われて郁は新しい小説を書こうとはしているけれど、万が一プロになれたとしても自分の執筆ペースではとても職業にならないと痛感していた。

それに、最初に書き上げた小説は、優人に言われた通り郁自身の物語だ。

自分のことをだいたい書いてしまうと、次は本当にゼロから創作しなければならないのだとも気づいて、それは郁には容易なことではなかった。

「どうしたんですか。『文芸論』も出てから随分経つのに、突然」

「うん。私今、絶賛就活中じゃない？　郁くん、絶対就職できないなって思って。だから小説書いて小説家になったらどうかなって思って訊いたの」

まさにリクルートスーツを着ている佳美が、朗らかに言い放つ。

「……松田さんがそんな風になるなんて、就活って本当に怖いですね……」

いつでも誰にでもやさしく、気遣いに溢《あふ》れている佳美の口から出たとはとても思えない言葉に、さすがに郁も固まった。

「違うのよ。だって郁くん、最近まめねって言った私に、他に行くところがないんでって答えたのよ？　自覚してよ。小説家目指した方がいいわ」

「それ、あらゆる小説家に失礼じゃない？」

隣でやはり少し早いリクルートスーツを着ている三年生も心は荒《すさ》みきっているのか、誰を庇《かば》っているのかもうよくわからない相槌を打つ。

何かしら特殊技能を身につけなければならないくらいのことは郁にもわかってはいたが、今は思いつくこともなく言えることもなかった。

パソコンを弄っていた平野が、何かをプリントアウトして纏めている。

「じゃあ、まあ頑張って。就活」

「さすがですよね、部長。さっさと大手決まって」

言い置いて出て行こうとした平野に、三年生の声が飛んだ。

「このサークルの部長を務めた代償にしては、たいしたことじゃないと思ってるけど？」

飄々《ひょうひょう》と言って平野が、部室を後にする。

このまま平野は優人の会社に行くのかと思ったら矢も楯もたまらずに、郁はどうする当てもなく後を追っていた。

「どうしたの？　郁くん。来たばっかりなのに」

不思議そうな佳美の声を背後に聞きながら、サークル棟を足早に離れて行く平野を郁が捜す。

後ろを郁が走ってきたのはすぐにわかったのか、中庭に出たところで平野は足を止めた。

「何か用か」

当然用をわかっているとしか思えない平野の言いようが、ただ、郁は口惜しい。

自分が優人に特別にかわいがられた一年生だとみんなが認識していることは郁も理解してはいたが、優人は二人の関係を健以外の誰かにカミングアウトする気はないと郁にははっきり言っていた。

だからこの間優人の部屋で平野と鉢合わせしたときも郁はどうしたらいいのかわからないと

ころもあったし、今も何を平野に言えるわけでもない。

「これから優人さんの会社を見学して、そのあと優人さんと呑むんだけど。俺」

振り返って、なので急いでいると平野が肩を竦めるのに、郁は強く平野を睨《にら》んだ。

どんなに睨まれても、平野は特に痛む様子もない。

「睨むくらいしかできないのか。そうだよな、おまえのコミュ力ならそこまでだろうな」

呆《あき》れたように笑われて、曇り空からほんの少しだけ雨が落ちるのにも郁は気づけなかった。

「俺は優人さんがゲイだってことも最初から気づいてるし、三倉先輩とつきあってたことも知ってる。今はおまえとつきあってるんだろうと思ってる」

突然、優人がそれは誰にも打ち明けないと言ったはずのことが全て平野の口から語られて、郁が息を呑む。

どういうつもりで平野がそれを言ったのかも、何故知っているのかも郁にはまるでわからなかった。

「ちなみに俺は、ゲイじゃあない」

何を平野が言いたいのか読むことができるはずもなく、息を詰めて郁がただ言葉を聞く。

立ったまま学生が二人で中庭で話していることは少し人目にはついて、平野はゆっくりと歩き出した。

仕方なく郁が、話の続きを聞くためにだけ隣を歩く。

「俺、今の大学第二志望なんだよ。本当は」

全く関係のない話を、平野は始めたかに見えた。

「受験の日被って、第一志望と。担任にはそっち狙《ねら》えって言われたけど、割とギリギリなところもあったんで自分でこっちにした。落ちて第三志望に行くよりはと思ってな」

どうして平野が大学受験の話を自分に聞かせるのか読み解くこともできないまま、郁が黙って続きを待つ。

「そういう、手堅い人間なんだ。俺は。取りに行かない」

中庭を抜けるところで、不意に、平野は立ち止まった。

「けど、取れるなら話は別だ」

冷たい眼鏡越しに真っ直ぐ郁を見て、平野はもう笑わない。

「優人さんにたらされてサークルに勧誘された新入生、自分が初めてだと思ったか？」

投げられた言葉の意味を、郁はゆっくりと咀嚼《そしゃく》した。

「その上俺は、全く割に合わない部長までやった」

考えている間に、平野はまた言葉を重ねてくる。

「俺にも権利があるんじゃないのか？」

「……ゲイじゃないって」

ようやく、平野が何を取りに来たのか理解して、郁は呆然《ぼうぜん》と口を開いた。

「おまえはどうなの？」

「考えたことないですけど」

問われて答えた郁に、呆れ返って平野が肩を竦める。

「俺はおまえと同じに、優人さんに誑《たぶら》かされた。口説かれて仕方なく部室に行ったら、優人さんは当然のように三倉先輩の隣に座った。五秒で理解した。誑かされて騙《だま》されて、あの人はもう俺を見ない。三倉先輩のものだった。一年間俺はそれを見てた」

淡々と平野は語ったけれど、それがどんなに残酷な光景だったのか、郁にこそ心から理解できる。

「正直、三倉先輩には太刀打《たちう》ちできるとは思えない。それなら第二志望を受ける」

雨が少し、強くなった。

「だがおまえなら話は別だ」

短く言い放ってまた笑うと、平野はもう郁を見もしないで歩き出す。

走って追いかけて腕を摑《つか》んで止めたかったけれど、郁は雨の中立ち尽くすことしかできなかった。

まだそんなには暑くない心地よい夏の気配がする日曜日、寝床を上げて、郁は自分の部屋に優人といた。

最近優人は、コンビニの弁当に飽きたと言って簡単な料理をする。焼きそばやうどん程度だが、それを二人で食べているうちに昼近くなった。

「次の小説、書かないの？」

時々優人は、それを郁に尋ねる。

そんな優人に郁は、その後平野がどのくらい迫って行っているのか訊けないままでいた。

部長との食事どうでしたかの一言くらい訊いてもそんなにおかしくないはずなのに、「取りに行く」と言い放った平野は勝てる相手に思えず良くない想像ばかりして、郁は簡単には尋ねられない。

「それどころじゃないです」

溜息を吐いて答えた郁に、意味がわからないと優人は肩を竦めた。

食器も手早く優人が片付けてしまって、「自分が」と郁が言い掛けた時にはもう洗い終えている。

「どっか行こうよ、郁」

不意に、優人はいつもとは違う向きのことを郁に言った。

「俺割と、そもそもおまえより全然アクティブなの。こんな天気のいい日曜日、出掛けたいよ」

「つまんないですか？」

二人の逢瀬《おうせ》はだいたい郁の部屋とその周辺で終わることが多かったので、郁が当たり前の不安に襲われる。

「映画とか行きます？」

映画館では優人の元恋人に会ってしまっていい思い出がなかったけれど、他に提案できることはなく郁は言った。

「いいよ、おまえがつまんないなら。あんまり映画、興味ないんだろ？」

苦笑して優人が、郁の隣に座る。

「優人さんの行きたいとこに、行きたいです」

「じゃあ……」

膝《ひざ》を抱えて、優人はしばらく考え込んでいた。

「おまえの行きたいところ」

「え？」

「ずっと一人で本読んで、ろくに遊びにも行かなかったんだろ？　俺は、旅行とかもそこそこ行ってるし」

「誰とですか」

旅行という言葉に、反射で郁が尋ねてしまう。

「嫌いになるよ。年下童貞彼氏」

「……すみません。もう言いません」

自分の行きたいところに行きたいと優人が言ってくれたのだとようやくわかって、郁はよく考えた。

言われた通りそもそも遊びにも行かないので、すぐには思いつけない。

長く郁は何処に行きたいかを考えていたが、優人はせかさずにただ隣で窓からの夏の風を浴びて待っていてくれた。

「優人さんが、俺にくれた本」

「ああ」

持っていた十冊の中から最初に優人がくれた一冊のことを、郁が口にする。

「あの中に出てくる、主人公の実家のある辺りに行ってみたいです。嫁いだ奥さんが汽車から主人公の家を見て、あたしのうち、と喜んでいたのが忘れられません。風景描写もとてもきれいだったし」

「あれは、岩手《いわて》県の一戸だな。作者には縁《ゆかり》のある土地らしいよ」

好きで持っていたので優人もそこが何処なのかはすぐにわかって、郁に答えてくれた。

「俺もそれは行ってみたい。今度、旅行しよう。俺は二泊が限界だと思うけど」

「本当ですか？」

旅行しようと言われて酷く嬉《うれ》しくて、郁の声が弾む。

「なんで嘘吐くんだよ」

こともなげに言って、優人は小指を出した。

じっと、その指を郁が見つめる。

「指切り」

懐かしい言葉を聞かされて、郁は笑って優人と小指を絡めた。

指に触っただけでは優人の変化はわからないけれど、指切りをしてくれる優人はその約束を決して破らないとも信じられる。

「バイトしとけよ。まあ、それはまたにしても。今日行ける範囲でどっか行きたいとこないの？」

改めて難しいことを問われて、郁はまた考え込む羽目になった。

部屋を見回して、随分優人を待たせる。

「あ」

そういえば行ってみたいところがあったと、郁はようやく思い出した。

電車を乗り継いで、千駄木《せんだぎ》駅から少し急な団子坂《だんござか》を上がる。

坂は急だけれど程なく、少し素っ気ない印象のグレーの石造りの建物が現れた。

控え目に「森鷗外《もりおうがい》記念館」と書かれた建物の中にある展示物を、郁と優人は隈無《くまな》くゆっくりと観た。日曜日なのに、そんなに人は多くない。

遺稿、書簡、遺書、私物と興味深く眺めて、館内にあるカフェに入った。

ガラス越しにきれいな中庭を眺める席に落ちついて、コーヒーを頼んで郁と優人は向かい合わせて座った。

「デスマスク、初めて見たよ」

展示物の中に森鷗外のデスマスクがあったことに、優人が複雑そうな声を聞かせる。

「ちょっと驚きましたね。あれは」

「でもおもしろかったな。書簡とか、ほとんど解読できなかったけど。達筆すぎて」

「夏目漱石《なつめそうせき》宛ての手紙、一生懸命読んでみたけどわかりませんでした。昔の人の字はすごいですね」

本当だよと優人が相槌を打ったところに、コーヒーが運ばれて来た。

丁寧に置かれたコーヒーは、家で飲むインスタントとはまるで違う香りを立てる。

少しの間沈黙して、二人はコーヒーを口に運んだ。

「初めて会ったとき、『舞姫《まいひめ》』読んでたな。郁」

懐かしそうに優人が、ふと呟く。

「相変わらず腹の立つ主人公だと思いながら読んでたら、優人さんが、俺たちとは違う背景の違う時代の話なんだよって教えてくれて。それから森鷗外読むようになりました」

「そうか。時代背景関係なく、響く作品もたくさん遺してるよな。俺も代表的なものは読んだよ」

「『舞姫』の印象が悪くて避けてたんですけど、優人さんがあの話してくれていろいろ読んだら、本当にそうでした。きれいな言葉たくさんあって」

自分でも乱読だという自覚はある郁なのに、最初に読んだのが「舞姫」だったせいで森鷗外は本当に避けてきていた。

去年の春、大学構内のベンチで優人に話しかけられて、主人公の背景について初めて考えて再読したら見方が変わって、そこから郁は鷗外作品に触れていた。

「『沙羅《さら》の木』って読みましたか？　鷗外の」

「館内に詩壁があるってさっき書いてあったな。沙羅の木って、沙羅双樹《そうじゅ》のこと？」

よくはわからないと首を振って、優人が郁に尋ねる。

「俺も、そうだと思ってたんですけど」

中庭に見える、少し寂しげな木を、郁は指差した。

「多分、あれが沙羅の木です」

「へえ……沙羅双樹とは違うんだ？」

身を乗り出して優人は、沙羅の木を見ていた。

「なんか、小さな白い花咲いてるな」

「夏椿《なつつばき》のことを、沙羅の木って呼ぶみたいです。『沙羅の木』は鷗外の詩なんですが」

「読んだけど、ちゃんとは意味がわかんなかった。俺」

短い詩が刻まれた石もここにはあって、優人が白い花を眺めながら呟く。

「俺もわかってるか自信ないんですけど。青葉に隠れて見えないような、淋しい白い花で。知らない間に落ちてる、みたいな意味かなって思うんですけど」

「そうか」

まだ沙羅の木の方を見ながら、優人が聞いているともよくわからない相槌を打った。

何も語らず、随分と優人は沙羅の木を見ていた。

見ている間に白い花が一つ、音もなく静かに落ちた。

「この木が見たかったんだな。郁」

不意に、優人にそう言われて郁は、考えもしなかったので戸惑う。

けれど言われれば確かに、鷗外の言葉の中で一番心に残っていたのは「沙羅の木」で、意味を読み解くうちにその花に会ってみたい気持ちが自分に強くあったことを、今更郁は知った。

「おまえみたいだ。沙羅の木の、白い花。きれいなのに、青葉に隠れてよく見えないよ」

溜息のように言って、優人が郁に向き直る。

「知らないうちに、落ちるんじゃないよ」

言い置かれて郁は、言葉が出ずに優人のやさしい笑顔を見つめていた。

ずっと、文字の中に閉じ籠《こ》もって郁は生きて来た。文字の中に想像を膨《ふく》らませて、文字の中に生きて、文字の中にいる人物と対話して、そうして一生を終えるとついこの間まで思い込んでいた。

誰かが自分を見てくれることも、愛してくれることも、郁の想像の及ぶことではなかった。

はい、とようよう郁は言ったけれど、声になったかはわからない。

それでも優人に伝わることだけは、郁にははっきりとわかった。


前期試験も完全に終わる頃、他に捜す術《すべ》もなく郁は大学構内をただうろうろしていた。

引退してから用がなければ平野はほとんど部室に現れなくなったし、就活も終わって四年生になっているので多分学校にいない日も多い。

図書館や大学生協を歩いて、学食に行くと窓際の席に、珍しく平野が一人で座っているのをようやく郁は見つけることができた。

所属しているサークルの部長だったのに直接の連絡先も知らないでいた自分には呆れたが、郁は急いで平野のいるテーブルまで歩いた。

近付いて来る気配に気づいていたのだろうに、平野は中庭を眺めて振り返りもしない。

「部長」

呼ばなければ応対してくれないことはよくわかって、郁は立ったまま平野を呼んだ。

「元部長だって」

素っ気なく答えて、平野は振り返りもしない。

「俺」

聞いてくれる気配のない平野に、それでも必死で郁は声を投げた。

「俺は、今までずっと自分のことだけでした。自分以外の誰かのために何か頑張ったり、してなかった。誰ともちゃんとまともに話もできないような人間で」

わかってはいたけれど声にすると自分が酷く貧しい人間に思えて、惨《みじ》めさは郁に強く触る。

「でも、俺、今から全力で」

頬杖《ほおづえ》をついていつもの冷たい眼鏡で平野は、聞いているかも怪しかった。

「全力で、ちゃんとした人間になります。就活のことも考えるし……そんなことだけじゃなくて。部長にも、三倉先輩にも負けない人間になります」

「なんで」

言葉を尽くした郁に、平野が訳を尋ねる。

「優人さんを、取りに来ないでください」

願いを、郁は口にした。

「俺、絶対優人さんのこと……」

言い掛けて続く言葉の凡庸《ぼんよう》さに、郁が悩む。

「優人さんのこと、何」

「幸せにしますから」

それでも気恥ずかしさなどはなく、思うまま郁は告げた。

「父親にプロポーズに来た、平凡極まりない男の台詞《せりふ》だな」

呆れ返ったように肩を竦めて、それでもやっと平野が郁を振り返る。

「座れば。俺こういう風に人目につくの、大嫌いなんだけど」

言われて、学食の何人かが自分たちを見ていることに、郁がようやく気づく。

頭を下げて郁は、平野の向かいの席に座った。

頬杖は解かずに、平野は何を思うのかわからない目で郁を見ている。

「おまえは」

　何か遠いものを見るような目で、平野は郁をまっすぐに見た。

「最初から全力だった」

　単調な声に抑揚はなく、そこに平野の気持ちを見つけることは難しい。

「何も頑張らなかったのは俺だ」

　呟いて平野は、小さく苦笑した。

「入学してすぐ、ここで優人さんに捕まった。おまえだけが必要だって勢いでかき口説かれて、真に受けてついてったら」

　この間も語られたそのときのことを、平野は思い返している。

「もう部長も引退してた、三倉先輩が当然みたいに優人さんを待ってた。部室のドア開けて五秒で全部あきらめた」

　今でもその気持ちは思い出せるのか、平野は笑えないでいた。

「五秒で終わりだ」

　右手を開いて、五本の指を平野が郁に見せる。

「優人さんはクールぶってすかしてたつもりだろうけど、三倉先輩には全部預けて甘え切ってた」

　語られる自分が知らなかった在学中の二人のことに、郁はどうしても胸を掻かれた。

「聞くのいやだろう？　俺は一年間見てたんだよ。おまえに話すのはただの嫌がらせだ」

それは敢《あ》えてだとわざわざ、平野が郁に教える。

「できてるって噂《うわさ》も、冗談めかしてだけど立ってたし。二人ともモテるのに彼女いないし、飲み会のあと必ず三倉先輩は優人さんお持ち帰りだし」

その話は聞かないといけないのかと喉まで郁は出そうになったが、知らないでいない方がいいと自分を留めた。

「三倉先輩社会人になって甘えられなくなって、三年の時優人さんが酔い潰れたのはだからだよ。少し荒れたんだろ。三倉先輩に会えなくて」

部屋に送っていた理由を、簡潔に平野が話す。

「部屋まで送ってベッドに寝かせたら、しがみつかれた」

その感触を思い出すように、一瞬、らしくなく平野は目を伏せた。

「健さん、て呼ばれてな」

心臓を抉《えぐ》られる思いがして、まるでそのときの平野になったように郁の胸が酷く痛む。

「犯してやろうかと思ったが、生憎俺は理性の塊だ」

もう目は伏せずに椅子《いす》に背を押しつけて、平野は堂々と言った。

「おまえにこの話をするのはただの嫌がらせだ」

「……言われなくても、わかります」

もう勘弁してくれないだろうかと思いながら、弱く郁が呟く。

「けどその三倉先輩も、優人さんを変えることはあきらめてた」

ふっと、わずかにだけれど平野は、郁に笑った。

「おまえは」

いつものように冷たくもなく、皮肉でもなく、何故だか平野は笑っている。

「なんだか知らないが、優人さんまで変えた」

そのことを平野が、どんな風に受けとめているのかぼんやりとだけれど、郁にも伝わった。

「俺は自分がこんなに理性的じゃなければ、優人さんのことは殺したいときもあった」

「そんな」

「おまえはないのか?」

過激な言葉を咎めたものの、尋ねられて郁が去年を振り返る。

全部嘘で触ったと打ち明けられたときは、何故自分が優人を殺さないのか不思議なほどの裏切りに郁は震えていた。

「……ありました」

正直に、そのことは平野にも教える。

「殺しもせず、あの人が変われるとも少しも思わず。俺はただ、呆れながら見てた。三年も」

呆れながらと平野は言ったが、優人を見ていた感情はそれだけではないことは、もう言葉にもしてしまっていた。

「おまえから優人さん取るなんて、無理だよ。俺は元々、何も頑張ってない」

似合わない、悪戯《いたずら》な笑みを平野が浮かべる。

「おまえはきっと、優人さんに大きななんかを持って来たんだろう」

それが何とはわからないと独り言のように言いながら、平野はまた郁を見るのをやめた。

「妬《ねた》ましいから嫌がらせしたが」

眩《まぶ》しそうに平野は、夏の日差しの方を向いている。

「本当は理性的な俺は、優人さんの前におまえが現れて良かったとも思ってるよ」

言いたくないというように声が少し落ちたが、それでも平野は丁寧に最後まで綴《つづ》ってくれた。

「多少足掻かないと後悔も残るだろうと、足掻いた。って言っても、ホントに会社見学してメシ奢られて終わりだ。あの人は俺の気持ちになんか一生気づきもしない」

自分に呆れると平野が、苦笑する。

「悪かったな。嫌がらせして」

初めてまともに自分に謝った平野に驚きながら、郁は懸命に言葉を探した。

「いえ……ありがとうございます、部長」

他に何も言い様は見つからず、そう告げて頭を下げる。

「元部長だ」

憮然と言った平野はもういつもと何も変わらず、もう二度と彼と優人の話をすることはないのが、郁にはよくわかった。

学食を出て図書館でレポートを書こうと思いながら気持ちが入らず、郁の足は自然と優人の元に向いていた。

何かを優人に持って来た、優人を変えたと平野は言ってくれたけれど、郁自身は自分をそんなにはまっすぐには信じられない。

本当に優人が変わっていくのなら、傍《かたわ》らにいるのが自分でいいのかはただ不安で、優人のアパートがある最寄り駅に郁は来てしまった。

少なくとも平野が語った健のようには、郁は優人を支えられてもいない。甘やかすこともできていない。むしろ郁が優人に甘えてばかりだ。

「すみません……優人さんちの近くに、います。会えますか?」

今もだと、メッセージを打ちながら自分に呆れて溜息が出る。

時間掛かるから本でも読んで待っててと返事があって、郁は駅中のカフェでいつも何かしら持ち歩いている文庫を開いたが、頭には入らなかった。

「どうしたの。突然」

確かに長い時間を待って後ろから声を掛けられて、ハッとして郁が立ち上がる。

「本当に、すみません。俺」

どうしたのと聞かれると、何故訪ねて来てしまったのか郁にはすぐには答えられなかった。

「うち来る？　うどんくらいしかないけど」

苦笑してそう言ってくれた優人に頷《うなず》いて、コーヒーカップをカウンターに戻す。

酷く情けない気持ちになって、郁は優人の後をついてカフェを出た。


本当に優人が言った通り簡単なうどんを出されて、たいした会話もなく二人でそれを食べる。

食器を片付けて優人はすぐに洗い物を済ませて、冷たい茶を出してくれた。

エアコンも利いて、急に来たというのに散らかりようがないくらい物のない優人の部屋は、とてもきれいだ。

「すごい楽だろ」

くつろぎ掛けたところで優人に不意にそれを言われて、郁はすぐに意味を汲《く》めない。

「俺んちでセックスして、おまえんちには本を積んでってしたら。俺もおまえも、すごい楽だと思うよ。まだ二年以上もおまえは学生だし」

ぼんやりと思っていたことをそのまま言われて、郁は優人が笑ったまま何を話そうとしているのかわからずに黙って聞いていた。

「郁、女の子好きになったことある？」

流れが読めないことを、優人が郁に尋ねる。

「恋愛として」

「……俺」

真摯《しんし》に問われているのだと気づいて、郁はよく考えた。

「いつも自分のことで精一杯で」

過去を振り返って、初恋らしい初恋も見当たらず、こんなにも一人の人に執着したのは優人が初めてだと改めて郁が思う。

「他人を好きになったのは、優人さんが初めてです」

「そっか」

何故だか困ったように、優人は苦笑した。

「ごめん。俺はさ、女の子一回も好きになったことなくて。ガキの頃から、好きになるのは全部男」

自分の話を、優人が丁寧に郁に教える。

「中学生くらいでなんか、まあ大人になるじゃん。体。俺ちょっと遅かったけど、第二次性徴ってやつ」

「はい」

「前に映画館で会った……広大と、つきあって」

誠実そうに見えた青年のことを、優人は語った。

「つきあってたなんて言ったら、あいつに悪いくらい酷いつきあいだったけど。でも、好きな人と初めて寝て」

どうして優人はこの話を今自分に教えるのだろうと思いながら郁が、耳を傾ける。

「そっから、男としかつきあったことない」

何か理解しなければならないこと、読み解かなければならないことがあるのだろうと、郁は必死だった。

「健さんが最後で、おまえとは被ってた。ちゃんと謝ったことないな、ごめん。でもおまえと寝た後は、健さんとは一度も寝てないよ。これは本当」

「……そうですか」

何を優人が言いたいのかわからずに、郁が不安に胸を掻かれる。

「なんか、俺どうしようもなかったけど。ラッキーだったなって、思ったことあって。健さんに言われて、気づいたんだけどさ」

少し、郁の気が散った。

平野の言葉通りなら、少なくとも健と優人がつきあっていた時間は、郁が思っていた以上に長い。

「いつもちゃんと、好きな人とはつきあってたみたい」

そのことに気を囚《とら》われて、優人が言ったことが郁にはわからなかった。

「いつも好きな人と寝てた。だからおまえに、そんなに負い目に思わないで済む」

じっと郁の目を見て、優人が告げる。

「意味わかる？」

問われて、郁はその言葉と向き合うしかなかった。

「……悪いこと、してなかったってことですか？」

ようよう、優人の言いたいことが郁に届く。

「うん。それは、相手には俺……いつも酷い態度で。だから一番ちゃんと長続きしたのが健さんぐらいで」

「四回目」

どうしようもなく自分が子どもだと思ったけれど、耐え難くて郁はそれを口に出してしまった。

「え？」

「さっきから健さんの名前聞くの、四回目です」

「……いやか。そうだよな、ごめんな」

拗《す》ねた郁の言葉に、優人が素直に謝ってくれる。

「何が言いたいかっていうと、今までおまえとはこの話して来なかったけど」

少しだけ優人の口元が、躊躇った。

「俺、恋人はいつも男なんだよ」

「それが、何か?」

今更それがどうしたのかと、郁が邪気なく尋ね返してしまう。

「おまえは自分のこと、どう思う?」

根気よく優人は、郁に訊いてくれた。

「俺は……優人さんが好きです」

他に言える気持ちなど何も持ってなくて、郁は心のままに伝える。

告げられた言葉を聞いて、困ったように優人は笑っていた。

「それなんか、すごい殺し文句だけど」

優人が訊きたかった言葉は今自分が声にしたことではないと、さすがに郁も気づく。

「俺は、ガキの頃からずっとこのセクシャリティなわけ」

「だから、なんですか?」

ほんの少し、郁は苛立った。

優人が求めている理解に辿り着けない自分に対して、腹立たしさを覚える。

「今後も、女の子好きになることはないし、だから結婚もない」

「当たり前ですよね。俺がいるのに」

憮然と告げた郁に、優人は溜息を吐いた。

「そう、思っていい？　郁」

「今更、なんでそんなこと言うんですか」

まるで別れ話を切り出されているようだと焦って、郁の語気が少し強くなる。

「おまえ、多分俺が初恋みたいなもんだろ。それはわかってたよ。こっから先ずっと、おまえといるのが俺でいいのか俺もそれは悩むとこだけど」

「なんで」

そんなことを優人に悩まれる謂《い》われはないと、郁は優人の腕を掴んでしまいそうになった。

「やっぱ俺、今まで本当にろくでもなかったから。もっと他にいいやついるんじゃないかとか女の子のがいいんじゃないかとか、いろいろ考えるよ。それは」

遠回しに始まったこの話が、やはり終わりに向かう話なのかと郁が息を呑む。

どうしても自分では不足なのか、いつの間にかまた優人にやさしい嘘を吐かせて気づかずにそれをただ受けとめていたのかと、郁は身構えた。

「でも俺が、おまえと別れたくない」

だから優人がくれた言葉は、簡単なのに郁にはすぐに読み解けなかった。

「おまえと一緒にいたい。俺が」

目を瞠《みは》ってその声を聞いている郁の頬に、優人が手を伸ばして触れる。

「おまえ、俺と一緒に暮らしたいって言ってくれたじゃん」

「はい」

短く答えるのが、郁には精一杯だった。

「でもあれ、騙くらかしてるときだったから」

「今もずっと思ってます」

「ありがと」

目を見てまっすぐ言った郁に、嬉しそうに優人は笑ってくれる。

頬に触れていた手を下ろして、優人はきれいな部屋を見回した。

「……そしたらさ」

「楽に慣れたくないんだよ」

ようやく、優人が何を言おうとしているのか、少しずつ郁にも伝わる。

「めんどくさいけどさ、二人になるってそういうことじゃないかって……思ったんだよ。おまえはあの要塞みたいな本を、多少は整理して」

どんな風に優人の気持ちが自分に向いているのかも、どれだけ理解できていなかったのかも、やっと、郁は知った。

「俺は、一人が居心地好かった何もないことが安心だったこの部屋を捨てて」

胸に届いた優人の思いを、けれど様々な郁の愛情が複雑に摑む。

「そういうの、一緒にいるために最初にしないといけないめんどくさいことなんじゃないかって思うの。俺」

ただそれを受けとめてありがとうと言って優人を抱きしめたいのに、その感情に容易に追いつけない自分を郁はもう殴ってしまいたかった。

「多分なんですけど。優人さん今、すごく嬉しいこと言ってくれてて」

打ち明けることを恥じて、郁が躊躇う。

「なのに俺」

けれど隠し通せる思いではない気がして、郁は口を開いてしまった。

「優人さん、三倉先輩も、今までの彼氏もちゃんと好きだったんだ。良かった。良かったのかな。俺は優人さんだけが好きなのに、やっぱりそれ悔しいとか」

ただたどしく胸にあるままの思いを、郁が声にする。

「今までの彼氏ってどんな人たちだったんだろとか、余計なこと考えてて」

確かに自分の胸に触るそのどうしようもない気持ちに、呆れ果てて郁は本当に口惜しかった。

「優人さんが言ってくれたこと、まっすぐわからなくて、すごい情けないです」

きつく嚙《か》み締めた郁の唇を、優人が見ている。

仕方なさそうに微笑《ほほえ》んで、優人は触れるだけのキスを、郁にくれた。

「おまえがいいなら、俺、おまえとずっと一緒にいたいって言ったんだよ」

ゆっくりと言葉を切って、優人が郁に教える。

注がれた言葉を、今度こそ大切に郁は聞いて受け止めた。

大丈夫だよ。俺、いばら編んでたこと、忘れないから。

愛し合って抱き合った翌朝にくれた約束を、優人はちゃんと果たそうとしてくれている。

あれから優人は、郁が気づかないうちに本当に変わったのだ。

「郁は」

また頰に触れられて郁が、自分が泣いていることに気づく。

「時々、本当に子どもみたいだな」

愛しそうに優人が囁いて、郁の涙に口づけた。

「悔しいのと嬉しいのと、一緒になって」

そんなことを言うのが精一杯の自分の子どもっぽさが、郁には心から口惜しい。

「抱きしめるくらいは」

ようよう、郁は声を優人に聞かせた。

「この部屋でも、してもいいですか」

尋ねると優人が、酷く大人びた顔で微笑む。

強く搔き抱くようなことはするまいと自分に言い聞かせて、郁は優人を抱いた。

抱かれるまま優人は、郁の背を撫でてくれている。

要塞を出よう。

声にはせずに、郁は決めた。

ずっと自分を守ってくれていた、唯一無二の友であった、本という名の要塞から今度こそ自分も出ようと心の中で繰り返す。

傍らには優人が、これからもいてくれるのだから。


たまに食事しながら顔を見る程度には郁も優人の部屋を訪ねて、週末に抱き合うのは郁の部屋でという決まりごとを守りながら、夏の終わりがやって来た。

「……っ……、ん……っ」

朝は嫌だと優人はやはり言うけれど、起き抜けにその肌に触れていると郁は我慢が利かないこともあって、朝陽の中で抱いてしまうこともある。

「やだ……っ、んあ……っ」

見られることを嫌がる優人は郁にはただ愛しくて、こんな優人を今まで誰も見ていないと思うと、余計に郁は深くその体を抱いてしまった。

「あぁっ、や……郁……もう……」

深く抱いても、決して郁は酷くはしない。

誰よりも優人にやさしく触れたい。けれど誰よりも優人を泣かせてしまいたい。

だから愛撫《あいぶ》は丁寧に長くなって、その身の内を出入りする頃には優人は泣いて喘いでただ郁の背にしがみついていた。

「もう、なんですか？」

「もう……やだ……っ」

「優人さん、子どもみたい」

自分も充分息が上がっていたけれど、泣いて全てを預ける優人を見ていたくて、郁が必死に自分を保つ。

「んあっ、あぁっ、郁……っ」

「すごい、かわいい。優人さん」

泣きじゃくる優人の耳元に囁いて、郁は優人の中を激しく出入りした。

「あぁっ」

酷く優人の肉が震えたのがわかって、誘われるように郁も達する。達したままそれでも優人の肌を揺すると、泣いて許しを乞われて郁はようやくその腕を緩めた。

しばらくの間優人をただ抱きしめて、息が整うのを待って惜しみながらその肌を離れる。ティッシュを取って郁は、後始末をした。

何度も優人に言われて郁はちゃんと、行為の時にコンドームを使うようになった。

「……おまえ、俺と暮らしたくないの？」

眠ってしまったかと思った優人が、始末したものをティッシュに包んで捨てている郁の背を蹴《け》る。

「今日からでも暮らしたいですけど」

「じゃあなんで本が増えてるんだよ」

忌々《いまいま》しげに言って、優人は近くにあった山を崩した。

「いろいろ、俺だって考えて整理は始めてるんですよ……」

言い訳にもならないことを言った郁に、優人は背を向けて増えた本の一冊を摑む。

要塞を出る気持ちに郁は完全になったのだけれど、じゃあ今からと本を読むのをやめられるわけではないので、この問題の早期解決は思った以上に難しい。

腹立たしげにそれでも本を読み始めてしまった優人に、小さく郁は笑った。

早期解決は難しいけれど、優人とこんな風に暮らす日常を想像することは、郁には現実的なことだ。

少しずつ、その未来に歩いて行く。
大丈夫、先は長い。

あとがき

お手に取ってくださってありがとうございます。菅野彰《すがのあきら》です。

いつもとそんなに違う話を書いたつもりはないのですが、とはいえ一つだけこの設定私もしかしたら今までほとんど書いたことがないかも、ということがあります。

優人が、いわゆるビッチ受けということです。ビッチの意味を辞書で引いてこいとか言わないで。当社比ですよ。去年答えたアンケートで気づいたんですが、私の受けはほぼ初物です。たまたまじゃなくて、初物が好きなんだとそのアンケートで気づきました。

でもろくでもなかった優人ですが、私は好きです。

そして私は本が好き。

優人が冒頭で郁に渡した本は、雑誌に掲載していただいたときはみなさんそれぞれお好きな本を当て嵌《は》めてくださったらと思いましたが、書き下ろしで具体的に内容に少し触れたので私はこの本というのを書き添えておきます。三浦哲郎《みうらてつお》の「忍ぶ川」です。一番好きな本が答えられるのは、嬉しいことだなと思います。良かったら読んでみてください。

今回、担当の山田さんとともに作品を作っているといつにも増して実感したことがありました。雑誌掲載時に、実は私にとって平野修は物語を回すための傍観者的存在でそんなには思い入れはなかったんです。けれど雑誌の時に山田さんが、平野について少し語られたんです。何気ない言葉だったんですが、それをきっかけに平野の気持ちを突っ込んで考え始めて諸々私が妄想し出して、書き下ろしは平野が絡んだ話になりました。一人では辿り着けなかったであろう書き下ろしに、結果私自身はとても満足しています。

健をという気持ちもあったのですが、健では郁がそれこそ太刀打ちできまいと平野絡みにして楽しい書き下ろしになったし、健のことは機会があればまた書きたいです。

そして挿画を担当してくださった湖水《こみず》きよ先生とは、実は割と長い親しい友人です。これただの自慢。私は湖水先生の絵がとても好きで、ずっとお仕事をしたかったので本当に嬉しい。

表紙のカラーを見たときには、変な悲鳴が出ました。山田さんと三十分くらい、

「郁の背中の美しさ……ステンドグラスの色合いの素晴らしさ……！」

と絶賛トークが止まりませんでした。

このカラーを見た日は、本当に嬉しい幸せな日になりました。湖水先生、本当にありがとうございます。今年は遊びに来てね。歓待します。

本を読んでくださったみなさまには、ただ感謝しかありません。

また次の本で、お会いできたら幸いです。

桜が咲く頃／菅野彰

この本を読んでのご意見、ご感想を編集部までお寄せください。

《あて先》〒105－8055　東京都港区芝大門2－2－1　徳間書店　キャラ編集部気付
「いたいけな彼氏」係

■初出一覧

いたいけな彼氏……小説Chara vol.30(2014年7月号増刊)

いばら姫と新参王子……書き下ろし

Chara いたいけな彼氏……【キャラ文庫】

2016年3月31日　初刷

著　者　菅野 彰

発行者　川田 修

発行所　株式会社徳間書店

〒105-8055　東京都港区芝大門2-2-1

電話　048-451-5960（販売部）

　　　03-5403-4348（編集部）

振替　00140-0-44392

印刷・製本　図書印刷株式会社

カバー・口絵　近代美術株式会社

デザイン　百足屋ユウコ＋中野弥生(ムシカゴグラフィクス)

ISBN978-4-19-900830-6

キャラ文庫最新刊

いたいけな彼氏

菅野 彰

イラスト✦湖水きよ

大学のサークル勧誘でうっかり、コミュ障な新入生・郁《かおる》に声をかけてしまった三年生の優《ゆう》人《と》。渋々面倒をみるうち、なぜか懐かれて!?

家 路

水原とほる

イラスト✦高星麻子

奔放な母と暮らす高校生・未来《みらい》。ある日、母が叔母の金を盗み男と失踪!　叔母に頼まれた整理屋の塔馬《とうま》と、母捜しの旅に出るが…!?

ミステリー作家串田寥生の見解

夜光 花

イラスト✦高階 佑

人気ミステリー作家の串田《くしだ》と担当編集の神凪《かんなぎ》は恋人同士。ある日、一緒に参加したミステリーツアーで、殺人事件が発生してしまい!?

4月新刊のお知らせ

華藤えれな　イラスト✦嵩梨ナオト　［氷上のアルゼンチン・タンゴ］

愁堂れな　イラスト✦水名瀬雅良　［ハイブリッド 愛と正義と極道と（仮）］

火崎 勇　イラスト✦草間さかえ　［悪 党（仮）］

4/27（水）発売予定